AF312152

1910 - Juin - 30.

VENTE

DES

**Jeudi 30 Juin
et Vendredi 1er Juillet 1910**

HOTEL DROUOT

SALLE Nº 7

COLLECTION Victor DAUNAY

LIVRES D'ART

ANCIENS ET MODERNES

ARCHITECTURE ET DÉCORATION

Mᵉ JULES HUGUET
Mᵉ ANDRÉ DESVOUGES

COMMISSAIRES-PRISEURS

M. GEORGES RAPILLY

EXPERT

COLLECTION Victor DAUNAY

LIVRES D'ART

ANCIENS ET MODERNES

CONDITIONS DE LA VENTE

Elle sera faite au comptant.

Les acquéreurs paieront 10 p. 100 en sus du prix d'adjudication.

Les livres devront-être collationnés sur place dans les 24 heures de l'adjudication, passé ce délai ils ne seront repris pour aucune cause.

M. Rapilly se réserve, dans l'intérêt de la vente, de réunir ou de diviser les numéros du catalogue. Il remplira les commissions qu'on voudra bien lui confier.

ORDRE DES VACATIONS

Jeudi 3o Juin 1910.	N°s 61 à 220	
. . . .	— 1 à 60	
Vendredi 1er Juillet	N°s 268 à 439	
. . . .	— 221 à 267	
Livres en lots	— 440.	

CATALOGUE

DE

LIVRES D'ART

ANCIENS ET MODERNES

ARCHITECTURE ET DÉCORATION

Ouvrages sur la Peinture, le Dessin
la Sculpture, Costumes, Lithographies, Fêtes, Topographie

LIVRES ILLUSTRÉS DU XVIIIᵉ SIÈCLE

COMPOSANT LA

Bibliothèque de feu M. Victor DAUNAY

Ancien Architecte

DONT LA VENTE APRÈS DÉCÈS AURA LIEU

A PARIS, HOTEL DROUOT, SALLE Nº 7

Les Jeudi 30 Juin et Vendredi 1ᵉʳ Juillet

A DEUX HEURES PRÉCISES

Par le ministère de :

Mᵉ Jules HUGUET	**Mᵉ André DESVOUGES**
Commissaire-priseur	Commissaire-priseur
	Succʳ de Mᵉ M. DELESTRE
4, RUE PASQUIER, 4	26, RUE DE LA GRANGE-BATELIÈRE

Assisté de M. Georges RAPILLY

Libraire de l'École Nationale des Beaux-Arts
9, QUAI MALAQUAIS, 9

CATALOGUE

DE

LIVRES D'ART

ANCIENS ET MODERNES

ARCHITECTURE ET DÉCORATION

1. **Adam** (VICTOR). Passe-temps. *Paris*, s. d. (vers 1830). 2 vol. in-4, 162 lithographies, demi-chag. rouge, tr. jas.

2. **L'Afrique française.** L'Empire de Maroc et les déserts du Sahara, par P. Christian. Vignettes par Philippoteaux, T. Johannot, Isabey, Girardet, C. Nanteuil, etc. *Paris, Barbier,* s. d., gr. in-8, demi-chag. rouge, dos orné, tr. jas.

   Orné de pl. hors texte noires et coloriées (Costumes).

3. **Album de l'Alliance des Arts.** *Paris Marchant,* s. d. (vers 1850), in-4, fig. demi-chag. rouge, dos orné, tête dorée, monté sur onglets.

   Frontispice et 78 planches, lithographies et eaux-fortes par ou d'après Decamps, F. Boucher, Huet, de Lafosse, Salembier, Ranson, Bérain, Forty, Eisen, Watteau, Prud'hon, J. Boilly, etc,

4. **Album de l'Opéra.** Principales scènes et décorations les plus remarquables. Publié par Challamel. *Paris,* s. d., in-4, fig., demi-chag. vert, plats toile, dos orné, tr. jas.

   12 planches de Dévéria et Deshays, avec une double suite en couleurs. Ens. 24 pl.

5. **Album Vénitien** composé de 12 vues lithographiées par W. Wyld et E. Lessore. *Venise, Joseph Kier*, 1837, in-4 oblong, demi-chag. rouge.

> 12 vues en couleurs.

6. **Alphabet-Album**. Collection de soixante feuilles d'Alphabets, historiés et fleuronnés, tirés des principales bibliothèques de l'Europe, ou composés par Silvestre. Gravés par Girault. *Paris, Techener*, 1843, in-fol., demi-chag. rouge, dos orné, tr. jas.

7. **Alphand** et **Davioud**. Le Bois de Boulogne architectural. Recueil des embellissements exécutés dans son enceinte et à ses abords. Dessins de Th. Vacquer, architecte. *Paris*, 1860, in-fol., demi-chag. rouge, plats toile, dos orné, monté sur onglets.

> Planches photogr., sur acier et en couleurs.

8. **Amé** (ÉMILE). Les Carrelages émaillés de la Renaissance. *Paris, Morel*, 1859, pl. noires et coloriées, demi-chag. brun, dos orné, tr. jas.

9. **Antiquités** et curiosités (Recueil descriptif des), formant la collection de Louis Minard Van Hoorebeke, architecte à Gand. *Gand*, 1866, in-4, demi-cuir de Russie avec coins, dos à nerfs, tête dorée, monté sur onglets.

> 42 planches hors texte : meubles et objets d'art.

10. **Antoine** (JACQUES-DENIS). Plans des divers étages et coupe de l'Hôtel des Monnaies à Paris ; son élévation principale et celle sur la rue Guénégaud. *Paris, Bance*, 1826, in-fol., 12 pl. gravées, cartonné, monté sur onglets.

11. **Architectes et Artistes français**. Notice historique sur quelques architectes français du 16e siècle, par Callet père, 1842, 1 vol. — Notices sur quelques artistes français (Architectes, dessinateurs, graveurs) du xvie au xviiie siècle, par H. Destailleur. 1863, 1 vol. — Dictionnaire biographique et critique des architectes français, par Bauchal.

1887, 1 vol. *Paris*, 1842-1887, ensemble 3 vol. gr. in-8, reliés et br.

12. L'Architecture. Journal de la Société Centrale des Architectes français. De l'origine, 1888, à la 22ᵉ année, 1909, inclus. *Paris*, 1888-1909, 22 années in-fol., texte et planches, reliées et en livraisons.

> La 1ʳᵉ année est en carton, les années 2 à 17 sont reliées en 27 vol. in-fol., demi-percal. rouge. Le reste en livraisons.
>
> Nous y joignons : Comptes rendus des réunions, rapports, etc. Supplément réservé aux membres de la Société. De l'origine, 1894, à la 11ᵉ année, 1904, inclus. *Paris*, 1894-1904, 11 vol. in-8, demi-percal. rouge. n. rog.

13. Architecture (Histoire générale de l'), par Daniel Ramée. 1860-1872, 2 vol. — Histoire de l'architecture, par Th. Hope, traduit de l'anglais par A. Baron. 1859, 2 tomes en 1 vol. — Histoire de l'Art monumental dans l'antiquité et au Moyen Age, par Batissier, 2ᵉ édition. 1860, 1 vol, *Paris*, 1859-1872, ensemble 4 vol., planches, reliés.

14. Architecture et parties qui en dépendent. Recueil de 81 planches gravées. *Paris*, s. d. (18ᵉ s.), in-fol., demi-bas. marbrée, tr. jas. (*Rel. mod.*)

> Décoration intérieure, coupes des pierres, carrelage, etc.

15. Architecture suisse, par Graffenried et Stürler. *Berne*, 1844, 1 vol. — L'Architecture pittoresque de la Suisse, par Varin. *Paris*, 1861, 1 vol. — Ensemble 2 vol. in-fol., planches, cartonné et relié.

16. Archives de la Commission de Monuments historiques. Publiées par ordre de S. E. M. Achille Fould, ministre d'État. *Paris, Gide*, s. d. (1867), 4 vol. in-fol. en 131 livraisons en feuilles.

> Avec un grand nombre de planches gravées.

17. Argenville (Dezallier d'). La Théorie et la pratique du Jardinage. *A Paris, chez Jean Mariette*, 1713, in-4, fig., veau ant. (Trou de ver en marges de qq. ff.)

18. **Art du serrurier.** Recueil de 60 planches gravées, avec texte explicatif. *Paris,* s. d. (1760), in-fol., demi-bas. marbrée, tr. jas.(*Rel. moderne*).

Extrait de l'Encyclopédie de Diderot et d'Alembert.

19. **L'Art pour Tous,** encyclopédie de l'art industriel et décoratif. Émile Reiber, directeur-fondateur. De l'origine, 1861, à la 14ᵉ année, 1875, inclus. *Paris,* 1861-1875, 14 vol. in-fol., demi-chag. rouge, dos orné, tr. jas.

Nombreuses planches documentaires, imprimées d'un seul côté. Les années 7 et 8 sont en double (cart. demi-toile).

20. **Artistes.** Charlet, sa vie, ses lettres, suivies d'une description de son œuvre lithographique, par de La Combe. Portrait, *Paulin,* 1856, 1 vol. — *Raffet,* sa vie et ses œuvres, par Auguste Bry. 2 portraits. *Dentu,* 1861, 1 vol. — *Hippolyte Flandrin,* lettres et pensées, par H. Delaborde. Portrait. *Plon,* 1865, 1 vol. — *Simart,* statuaire, étude sur sa vie et sur son œuvre, par Gustave Eyriès. *Didier.* s. d., 1 vol. *Paris,* 1856-1865, ensemble 4 vol. in-8, reliés.

21. **Artistes** vivants (Histoire des) français et étrangers, par Théophile Silvestre; ill. de 10 portraits. 1857. 1 vol. — *Œuvre de Canova,* recueil de gravures d'après ses statues et bas reliefs, par Reveil. 1825, 1 vol. — Histoire de la vie et des ouvrages de Michel-Ange Bonaroti, par Q. de Quincy, 1835, 1 vol. — H. Daumier, l'homme et l'œuvre, par Ars. Alexandre. 1888. 1 vol. *Paris,* 1825-1888, ens. 4 vol. gr. in-8, reliés, le dernier br.

22. **Asselineau.** Armes et Armures, meubles et divers objets du Moyen Age et de la Renaissance. *Paris, Hauser,* s. d., 2 vol. in-fol., demi-chag. vert, dos orné, tr. jas.

Nombr. pl. lithogr. et tirées sur Chine.

23. **Ausseur** (J.-J.) Traité de la coupe des bois, ou art du trait du Menuisier en bâtiment. Ouvrage dans lequel on trouve les plus simples méthodes pour dessiner et tracer les arêtiers, les courbes, les escaliers... Avec planches litho-

graphiées. *Paris, Didot,* 1819, in-4, demis-bas. fauve, dos orné, tr. j.

24. **Ballu**. (Tʜ.). Monographie de l'église de la Sainte-Trinité, construite par la ville de Paris. *Paris, Dupuis,* 1868, in-fol., planches, demi-chag. marron, monté sur onglets.

25. **Baltard**. Paris et ses monuments, Saint-Cloud et Ecouen, mesurés, dessinés et gravés par Baltard, architecte. Avec des descriptions historiques par Amaury-Duval. *Paris,* 1803-1805, 3 vol. gr. in-fol., cartonnés, n. rog.

> Nombreuses planches gravées sur cuivre.

26. **Baltard** (Vɪᴄᴛᴏʀ). Villa Médicis à Rome, dessinée, mesurée, publiée et accompagnée d'un texte historique et explicatif, par V. Baltard. *Paris,* 1847, gr. in-fol., pl., demi-chag. violet, n. rog.

27. **Barbault**. Les plus beaux monuments de Rome ancienne, ou recueil des plus beaux morceaux de l'Antiquité romaine. Gravés en 128 planches avec leur explication. *A Rome, chez Bouchard,* 1761, in-fol., demi-veau vert, tr. jas.

28. **Barron** (Lᴏᴜɪs). Autour de Paris. 500 dessins d'après nature, par G. Fraipont. *Paris, Quantin,* s. d. (1892), gr. in-4, fig., cartonnage de l'éditeur, tête dorée, n. rog.

29. **Basan**. Recueil d'estampes gravées d'après les tableaux du cabinet de Monseigneur le Duc de Choiseul, par les soins du Sʳ de Basan. *A Paris, chez l'auteur,* 1771, in-4, veau écaille, dos orné, fil., tr. dorée.

> Recueil entièrement gravé comprenant 1 titre-frontis., avec dédicace au dos, portrait de Choiseul, 12 pp. de texte, et 123 estampes.
> 2 portraits de Choiseul ajoutés.

· 30. **Beaux-Arts** (Les). Illustrations des Arts et de la littérature. *Paris, Curmer,* 1843-1844, 2 vol. in-4°, fig., demi-maroq. vert avec coins, dos orné, tête dorée, n. rog.

> Illustrations par Gavarni, Pauquet, Français, Beaucé, Daubigny, Lalaisse, T. Johannot, etc.

31. Beguillet. Description historique de Paris et de ses plus beaux monuments, dessinés et gravés en taille-douce, par F. N. Martinet. *Paris*, 1779-1780, 2 vol. in-8, fig., demi-bas. rac., tr. rouge.

> Nous y joignons : « Tablettes parisiennes qui contiennent le plan de la Ville et des faubourgs de Paris, divisé en vingt quartiers. Par le Sr de Vaugondy ». *Paris*, 1760, in-8°, plans, veau ant., dos orné, tr. rouge.

32. Belgique. Monuments anciens recueillis en Belgique et en Allemagne, par Louis Haghe, de Tournay. *Paris*, 1842, 1 vol. — Collection de plans, coupes, élévations, etc., des principaux monuments d'architecture et de sculpture de la Ville de Bruges, par J.-B. Rudd. *Bruges*, s. d., 1 vol. — La Châsse de Sainte-Ursule, gravée au trait par Charles Onghena, d'après Jean Memling. *Bruxelles*, 1841, 1 vol. Ens. 3 vol. in-fol. et in-4, cartonnés et reliés.

33. Berty (ADOLPHE). *La Renaissance monumentale en France.* Spécimens de composition et d'ornementation architectoniques empruntés aux édifices construits depuis le règne de Charles VIII jusqu'à celui de Louis XIV. *Paris, Morel*, 1864, 2 tomes en 1 vol. in-4°, demi-chag. brun, dos orné, montés sur onglets.

> Nombreuses planches gravées hors texte.

34. Blanc (CHARLES). Le trésor de la curiosité tiré des catalogues de ventes. *Paris*, 1857, 2 vol. in-8, demi-maroq. vert, tête dorée, n. rog. (*Capé*).

35. — Les Artistes de mon temps. *Paris*, 1876. — Ingres, sa vie et ses ouvrages. *Paris*, 1870, 13 grav. sur acier. Ensemble, 2 vol. gr. in-8. demi-rel. chag.

36. — Grammaire des Arts du Dessin. Architecture, sculpture, peinture. *Paris*, 1867. — Grammaire des Arts décoratifs. Décoration intérieure de la maison. *Paris*, 1882. Ensemble 2 vol. gr. in-8, figures, demi-rel. chag. rouge.

> 1res éditions.

37. **Blanc** (Cн.). Histoire de la Renaissance artistique en Italie. 1889, 2 vol. — Voyage dans la Haute Égypte. — L'Art dans la parure et dans le vêtement. — La Sculpture. — Les Beaux-Arts à l'Exposition universelle de 1878. — Charles Blanc et son œuvre, par Tullo Massarini. *Paris*, 1875-1889, ensemble 7 vol. in-8 et in-12, brochés et reliés.

38. — Histoire des peintres de toutes les Écoles. *Paris*, s. d., 5 vol. (au lieu de 14) in-4, fig., demi-chag. vert, dos ornés, tr. jas.

> Principaux artistes des Écoles italienne, flamande, française, anglaise, allemande, hollandaise. Les titres manquent.

39. **Blancheton** (A.). Vues pittoresques des châteaux de France ; dessinées d'après nature et lithographiées par les principaux artistes de la capitale. Texte historique et descriptif par A. Blancheton. *Paris, chez l'auteur et chez Didot*, s. d., 2 vol. in-fol., lithogr., demi-bas. rouge, dos orné.

40. **Bléry** (Eug.). Eaux-fortes. *Paris*, 1838-1846, in-fol. demi chag. rouge.

> 21 pièces, études d'arbres et paysages, tirées sur Chine.

41. **Blondel** (François). Cours d'architecture enseigné dans l'Académie Royale d'Architecture. *A Paris, chez Pierre Aubin et François Clousier*, 1675, in-fol., planches, rel. veau, tr. rouge (*Rel. anc.*).

> Première partie ornée de vignettes et de planches gravées sur cuivre.

42. — Fragments d'architecture et desseins des croisées qui décorent les façades du Louvre. *Paris*, s. d., in-fol., 12 pl., broché.

43. **Blondel** (Jacques-François). De la Distribution des Maisons de Plaisance, et de la Décoration des édifices en général. Ouvrage enrichi de cent soixante planches en taille-douce, gravées par l'auteur. *A Paris, chez Ch. Ant. Jombert*, 1737-738, 2 vol. in-4, veau ant., dos orné, tr. rouge.

44. Blondel (J.-F.). Architecture française ou recueil des plans, élévations, coupes et profils des Églises, Maisons Royales, Palais, Hôtels, et Édifices les plus considérables de Paris, ainsi que des châteaux et maisons de plaisance situés aux environs de cette ville, ou en d'autres endroits de la France. Avec la description de ces édifices. *A Paris, chez Ch. Ant.-Jombert*, 1752-1755, 4 vol. in-fol., demi-chag. rouge (*Rel. mod.*).

> Le tome 1ᵉʳ est incomplet de 17 planches (pl. 20 à 23, 35 à 37, 55 à 57, 85, 89, 93, 94, 96, 110, 149). Le tome 3 est incomplet de 4 planches (pl. 333, 337, 339, 340). Plusieurs planches sont remontées, d'autres ne proviennent pas de la même édition. Le tome 4 est plus grand de marges. Planches doubles ajoutées.

45. — L'Architecture française, ou recueil des plans, élévations, coupes, profils des églises, palais... *A Paris, chez Ch.-Ant, Jombert*, 1750, in-fol., pl., demi-chag. grenat, tr. jas. (*Rel. mod.*).

> Recueil de 250 pl. publiées par Mariette et autres donnant les vues et plans des châteaux des environs de Paris, de la province et de l'étranger.

46. — Livre nouveau, ou règles des cinq ordres d'architecture, par Jacques Barozzio de Vignole. Nouvellement revû, corigé et augmenté par B*** (Blondel), architecte du Roy... Le tout enrichi de Cartels, Culs-de-lampe, paysages, figures et vignettes. *A Paris, chez Charpentier*, 1757, in-fol., fig., veau ant.

> Figures, vignettes et culs-de-lampe par Blondel, Cochin, Babel et autres.
> La planche 45 manque, elle est remplacée par 2 calques. Quelques planches sont détachées de la reliure et sont plus courtes de marges.

47. — Cours d'architecture, ou traité de la Décoration, distribution et construction des bâtiments ; contenant les leçons données en 1750 et les années suivantes... *A Paris, chez Desaint*, 1771-1777, 6 vol. in-8 de texte et 3 vol. gr. in-8 de planches, demi-bas. marbrée, tr. jaune (*Rel. anc.*).

> Ouvrage terminé par Patte, et connu sous le nom de *Petit Blondel*.

48. Boffrand. Livre d'architecture contenant les principes
généraux de cet art, et les plans, élévations et profils de
quelques-uns des bâtimens faits en France et dans les pays
étrangers, par le sieur Boffrand, architecte du Roy...
Ouvrage français et latin. *Paris, Cavelier,* 1745, in-fol.,
veau ant., dos orné, fil., tr. rouge.

> 70 planches gravées sur cuivre, parmi lesquelles on remarque les
> vues de l'Hôtel de Soubise, le projet du palais de Wurtzbourg et
> divers hôtels, construits par Boffrand, donnant de jolis motifs de
> décoration dans le style Louis XV.

49. Boissieu (JEAN-JACQUES DE). Son Œuvre gravé à l'eau-
forte, composé de 100 planches tirées sur papier de chine.
Paris, s. d. (1815), in-fol. demi-rel.

50. Bonnaffé (EDMOND). Les Collectionneurs de l'ancienne
France. — Les Collectionneurs de l'ancienne Rome.
Paris, 1867-1873, 2 vol. in-8, demi-rel.

> Exemplaires sur papier vergé.

51. Bonnardot (A.). Études archéologiques sur les anciens
plans de Paris des XVIe, XVIIe et XVIIIe siècles, 1 vol. —
Dissertations archéologiques sur les anciennes enceintes
de Paris ; suivies de recherches sur les portes fortifiées qui
dépendaient de ces enceintes, 1 vol., fig., *Paris,* 1851-
1852, 2 vol. in-4, demi-chag. marron, dos orné, tr. jas.

> On y joint : « Souvenirs des principales barrières de Paris en
> 1859. » Album in-4 de 11 photographies.

52. Bordeaux. Histoire des Monuments anciens et modernes
de la Ville de Bordeaux, par Auguste Bordes, architecte.
Orné de magnifiques planches gravées sur acier et de
vignettes, et illustré de sujets divers et de Lettres histo-
riées. *Paris et Bordeaux,* 1845, 2 vol. in-4, fig., demi-
chag. rouge, plats toile, dos orné, tr. jas.

53. Bordier et Charton. Histoire de France depuis les temps
les plus anciens jusqu'à nos jours, d'après les documents
originaux et les monuments de l'art de chaque époque.

Paris, 1859-1860, 2 vol. gr. in-8, fig., demi-percal.
moirée, pièces en couleurs, tête jas., n. rog.

54. Bosse (Abr.). La manière universelle de M. Desargues
pour poser l'essieu et placer les heures aux cadrans au
soleil, 1643. — La pratique du traité à preuves pour la
coupe des pierres en l'architecture 1643. — Moyen de
pratiquer la perspective sur les tableaux ou surfaces irré-
gulières, 1653, 3 vol. in-12, rel. vélin.

55. Bouchet (Jules). Compositions antiques, 1 vol. — Le
Laurentin, 1 vol. — Le palais de Scaurus, par Mazois,
1 vol. — Le Laurentin, par Haudebourg, 1 vol. *Paris,*
1838-1859, ensemble 4 vol. in-4 et in-8, planches, demi-
rel.

56. Bouillart (Dom Jacques). Histoire de l'Abbaye Royale de
Saint-Germain-des-Prez... Le tout justifié par des titres
authentiques et enrichi de plans et de figures. *Paris,* 1724,
in-fol., veau ant., tr. rouge.

Rel. détériorée. Quelques pl. remontées ou réparées.

57. Bourassé (Abbé J.-J.). La Touraine, histoire et monuments. Illustrations par Karl Girardet et Français. *Tours,
Mame,* 1856, in-fol., fig., chag. vert, fil. dorés et à froid
sur les plats, avec armoiries au centre, dos orné, tr. dorée.

Illustré de planches hors texte et de fig. dans le texte.

58. — Résidences royales et impériales de France. Histoire
et monuments. *Tours,* 1864, gr. in-8, fig., demi-chag.
rouge, plats toile, dos orné, tr. dorée (*Bel. ex.*).

59. Briseux (C.-E.). L'Art de bâtir des maisons de Campagne. *A Paris, chez Prault,* 1743, 2 vol. in-4, planches,
rel. veau ant., tr. rouge (*Rel. anc. différentes*).

60. — Traité du Beau essentiel dans les arts appliqué particulièrement à l'Architecture, et démontré phisiquement et

par l'expérience... A *Paris, chez l'auteur et chez Chéreau,*
1752, 2 vol. in-fol., veau ant., dos orné, tr. rouge.

Rare. — Ouvrage entièrement gravé, orné du portrait de Briseux
par J.-G. Will, 2 titres frontis., de vignettes et culs-de lampe par
Marvye et Choffard, et de nombreuses planches d'architecture et de
décoration intérieure de l'époque Louis XV.

61. Brongniart et Riocreux. Description méthodique du
Musée céramique de la manufacture royale de porcelaine
de Sèvres. *Paris, Leleux,* 1845, in-4, demi-chag. vert avec
coins, dos orné, tête dorée, n. rog.

Nombreuses planches hors texte, la plupart en couleurs, montées
sur onglets.

62. Brué (A.). Atlas universel de géographie physique, politique, ancienne et moderne, contenant les cartes générales
et particulières de toutes les parties du monde. Nouvelle
édition composée de 65 feuillets, par Brué, géographe du
Roi. *Paris, Picquel,* s. d. (1830-1838), in-fol., demi-veau
brun, dos orné, monté sur onglets.

65 pl. très bien gravées et tirées en couleurs.

63. Bruyère (L.). Études relatives à l'Art des constructions.
Paris, Bance aîné, 1823-1828, 2 vol. in-fol., planches gravées, demi-chag. vert, n. rog.

64. Burty (Philippe). Chefs-d'œuvre des Arts industriels.
200 gravures sur bois. *Paris,* 1866, gr. in-8, demi-chag.
rouge, tr. jas., 1 vol. — *Horlogerie.* Description et iconographie des instruments horaires du xvi⁰ siècle (collection
du Prince Pierre Soltykoff). Par Pierre Dubois. *Paris,*
1858, in-4, fig., demi-rel., tête dorée, n. rog.

Ensemble 2 vol. in-8 et in-4, reliés.

65. Calliat (Victor). Parallèle des Maisons de Paris. *Paris,*
1850-1864, 2 vol. — Parallèle des Maisons de Bruxelles,
par Castermans, *Liège,* s. d., 1 vol. — Ensemble 3 vol.
in-fol., planches, reliés.

66. **Calliat et Lance.** Encyclopédie d'Architecture. *Paris*, 1851-
1862, 12 vol. in-4, nombreuses planches gravées et coloriées, demi-chag. bleu, dos orné, tr. jas.

67. **Calliat et Le Roux de Lincy.** Hôtel de Ville de Paris.
1844, in-fol., planches gravées, demi-chag. vert, monté sur
onglets, 1 vol. — Supplément, 1756, 1 vol. en carton. —
Histoire de l'Hôtel de Ville de Paris, par Leroux de Lincy
et Victor Calliat. 1846, in-4, fig. demi-chag. vert. *Paris*,
1844-1856, ensemble 3 vol. in-fol. et in-4 reliés et en
carton.

68. **Callot** (JACQUES). Les Misères et les Malheurs de la Guerre,
17 pièces montées sur papier fort, en 1 vol. br. — Jacques
Callot, dessinateur et graveur, portrait et 38 pièces tirées
sur Chine; en un vol. in-8, demi-rel. — Éloge historique
de Callot, par F. Husson, religieux cordelier. *Bruxelles*,
1766, in-8. demi-rel. — Ens. 3 vol. in-8 et in-4.

69. **Cathédrale de Strasbourg** (LA) en XI planches lithogra-
phiques d'après les dessins d'Auguste de Bayer. architecte.
Paris, s. d., vers 1842, in-fol., titre et 11 pl., demi-chag.
vert, dos orné. tr. jas.

> 2 pl. ajoutées, dont une en couleurs représentant l'horloge astro-
> nomique de la cathédrale de Strasbourg. Piqûres.

70. **Caumont** (de). Histoire sommaire de l'Architecture reli-
gieuse, militaire et civile au Moyen Age. *Caen*, 1836-1837.
un vol. in-8 de texte et atlas in-4 oblong, demi-veau fauve,
dos orné, t. jas. — Abécédaire ou rudiment d'archéologie
(Architecture civile et militaire), 2e édit. *Paris*, 1851, in-8,
fig., demi-chag. bleu, dos orné, tr. jas. Ens. 2 vol. in-8
et atlas in-4.

71. **Cavos** (ALBERT). Traité de la construction des théâtres.
Paris, 1847, in-4 de texte et atlas in-fol., demi-rel. —
Théâtre de la Gaîté, construit d'après les dessins de A. Cu-
sin en 1862. Album in-fol. de 37 photographies demi-rel.
— Portefeuille ichnographique de A. Louis, architecte du

Théâtre de Bordeaux. *Paris*, 1828, in-8, fig., demi-rel. Ens.
4 vol. in-8, in-4 et in-fol.

72. Célébrités contemporaines, ou portraits de personnes de
notre époque les plus illustres par leur rang, leurs dignités,
leur savoir et leurs talents, lithographiés par MM. Maurin
et Belliard. *Paris*, 1842, gr. in-8, demi-chag. rouge, dos
orné, tr. jas.

Recueil factice de 119 portraits, la plupart lithog.

73. Cervantès. L'Ingénieux Hidalgo Don Quichotte de la
Manche, par Miguel de Cervantès Saavedra, traduit et
annoté par Louis Viardot. Vignettes de Tony Johannot. *Paris Dubochet*, 1836-1840, 2 vol. gr. in-8, fig., percal. de
l'édit., fers spéciaux, n. rog.

74. Chaillou des Barres (LE BARON). Les Châteaux d'Ancy-le-
Franc, de Saint-Fargeau, de Chastellux et de Tanlay. *Paris*,
1845, in-4, planches, demi-veau viol., dos orné, tr. **jas.**

On y joint : Recueil de Monuments inédits, dessinés et publiés
sur la ville de Provins, par J. Bernard, arch. *Provins*, 1830, in-4,
pl., demi-veau rac.

75. Chalon (J.-J.). Costume of Paris. The Incidents taken
from Nature, designed and drawn on stone. *London*, 1822,
in-fol. demi-chag. rouge, tr. jas.

24 lithographies en couleurs.

76. Chambord. Description de Chambord dont le modèle a
été présenté au Roy, par le S^r Le Rouge, en 1750. *Paris,
Jombert*, s. d., in-fol., 14 pl. gravées, demi-percal, rouge.
— Description de Chambord, par MM. Merle et Périé.
Paris, 1821, in-fol., pl., demi-chag. bleu, n. rog. Ensemble 2 vol. in-fol. rel.

77. Chantilly (LE CHATEAU DE). Recueil factice d'environ
100 photographies et illustrations diverses relatives au
Château de Chantilly, montées sur bristol teinté et reliées
en un vol. in-fol. oblong., toile grise.

On y joint 42 vues de Chantilly dessinées et gravées par Pérelle.
Paris, Langlois, s. d., in-8 en ff.

78. **Chapuy**. Vues pittoresques des cathédrales françaises, avec détails. Texte historique et descriptif, par F. C. de Jolimont. *Paris Engelmann et Cⁱᵉ*, 1826-1830, fort vol. in-4, avec planches lithographiées, demi-chag. vert, dos orné, tr. jas.

> Paris, Amiens, Orléans, Rheims, Strasbourg, Sens, Auxerre, Chartres, Arles, Albi, Dijon, Autun, Senlis.

79. — *Le Moyen Age pittoresque*. Monumens et fragmens d'architecture. Meubles, armes, armures et objets de curiosité du xᵉ au xvɪɪᵉ siècle. Avec un texte archéologique, descriptif et historique, par M. Moret. *Paris, Veith et Hauser*, 1838-1840, 5 parties rel. en 2 vol., in-fol. demi-chag. vert, coins, dos orné, n. rog.

> 180 planches lithographiées.

80. — Le Moyen Age monumental et archéologique. Vues, détails et plans des monumens les plus remarquables de l'Europe, depuis le 6ᵉ jusqu'au 16ᵉ siècle, lithographiés par les artistes les plus distingués de la Capitale. Avec un résumé théorique et des Notices spéciales, formant ensemble l'histoire de l'architecture au Moyen Age; par Daniel Ramée. *Paris, Hauser*, 1848, 4 vol. in-fol., demi-chag. grenat, tr. jas.

> 1ʳᵉ édition comprenant 62 pp. de texte et 420 pl. Les planches 401 à 420 sont en livrais. dans un carton.

81. **Charmeton**. Diverses corniches choisies sur l'anticque avec leurs profils, par le sieur Charmeton, peintre ordinaire du Roy. Et se vendent à Paris, chez Audran, A. P. d. R. Suite de 30 pièces en 1 vol. in-4º, rel. vélin.

82. **Chenavard**. Recueil de dessins de tapis, tapisseries et autres objets d'ameublement, 42 pl. — Album de l'ornemaniste, par E. Lecomte, sous la direction de Chenavard. *Paris*, 1836, 2 tomes en un vol. in-fol., demi-rel.

83. **Chenavard**. (A.-M.). Voyage en Grèce et dans le Levant fait en 1843 et 1844. *Lyon*, 1858, in-fol. planches gravées, demi-percal., monté sur onglets.

84. Clarac. (Cte F. DE). Musée de Sculpture antique et moderne... *Paris, Imprimerie Royale*, 1841-1853, 6 vol. gr. in-8 de texte et 6 albums in-4 oblongs de planches, demiveau rose, tête jas. n. rog. (*Rel. de l'époque*).

85. Clerget (CHARLES ERNEST). Mélanges d'Ornements, publiés par Émile Lecomte. Recueil composé, dessiné et gravé, par Charles Ernest Clerget. *Paris*, s. d., in-fol., demi-rel.

> 72 planches gravées, noires et coloriées, donnant de beaux motifs d'ornements d'après les maîtres anciens.

86. Cluysenaar (JEAN-PIERRE). Maisons de Campagne, Châteaux, Fermes, Maisons de jardinier, Garde-chasse et d'ouvriers, etc., exécutés en Belgique. *Bruxelles, van der Kolk*, 1859, in-4, demi-chag. violet, pl. **montées sur onglets.**

> 50 planches en couleurs : élévations, plans, détails, avec texte explicatif.

87. Collection Poullain. Cent vingt estampes gravées sous la direction de F. Basan, d'après les dessins de Moitte. *A Paris chez Basan et Poignant*, 1781, in-4, demi-chag. rouge, coins, dos orné, tête jas., n. rog.

> D'après les tableaux de Breughels, Claude Lorrain, Gerard Dou, Le Prince, Paul Potter, Rembrandt, Rubens, Ruysdael, Teniers, Van der Meer, Van Dyck, etc., etc.

88. Commune de Paris 1871. Collection d'environ 90 photographies des monuments et maisons incendiées ou détruits pendant l'insurrection de 1871 ; Tuileries, Palais-Royal, cour des Comptes, colonne Vendôme, château de Saint-Cloud, etc. in-4, en portefeuille.

89. Contant (CLÉMENT). Parallèle des principaux théâtres de l'Europe, et des machines théâtrales françaises, allemandes et anglaises. *Paris*, 1842, 2 parties en un vol. in-fol., planches gravées, large demi-chag. viol., tête dorée, n. rog.

90. **Coste** (Pascal). Architecture Arabe, ou Monuments du
Kaire, mesurés et dessinés de 1818 à 1826. *Paris, Didot,*
1839. gr. in-fol., demi-maroq. avec coins, dos orné, n.
rog.

> Exemplaire avec les planches en double suite : noires et coloriées.

91. **Construction moderne.** Journal hebdomadaire illustré.
Directeur P. Planat. De l'origine, 1885-86, à la 9ᵉ année,
1893-94, inclus. *Paris,* 1885-1894, 9 vol. in-4, texte et
planches, reliés demi-percal. grise, tr. jas.

92. **Costumes.** Album de costumes de femmes de différentes
époques et de **divers pays,** dessinés par Anaïs Colin.
Paris et Londres, 1845, in-fol., demi-chag. rouge, dos
orné, tr. dorée, **monté sur onglets.**

> 60 planches finement coloriées donnant de nombreux types de
> costumes féminins.

93. **Costumes français** civils. militaires et religieux depuis
les Gaulois jusqu'à nos jours, dessinés d'après les historiens et les monuments, par Herbé. *Paris, Martinet,* 1837,
in-4, demi-maroq. rouge, coins, dos orné.

> Cet ouvrage, composé de 106 planches coloriées et de 21 notices,
> contient 2.800 costumes, meubles etc.

94. **Costumes Suisses** dessinés d'après nature et publiés par
G. Lory fils et F. W. Moritz. Avec un texte explicatif.
Neuchâtel, 1824, in-4, demi-chag. rouge avec coins,
tr. dorée.

> 55 belles planches coloriées.

95. **Courtonne.** Traité de la Perspective pratique, avec des
remarques sur l'architecture. Ouvrage utile aux amateurs
de l'architecture et de la peinture. *Paris,* 1725, in-fol., pl.,
veau ant.

96. **Coussin** (J.-A.). Du génie de l'architecture, et de la
philosophie de cet art. *Paris, Didot,* s. d., in-4, planches
gravées, demi-rel., tr. rouge. — *Thibault* (J. T.). Appli-

cation de la Perspective linéaire aux arts du dessin. *Paris*,
1827, in-4, pl., demi-rel. Ensemble 2 vol. in-4.

97. **Daly** (César). Revue générale de l'architecture et des
travaux publics. De l'origine, 1840, à la 49 année, 1890,
inclus. — Table des volumes 1 à 30, 1 vol. *Paris*, 1840-
1890, ensemble 46 tomes reliés en 23 volumes in-4, nombreuses planches, demi-chag. bleu, dos orné, tr. jas.

> Les nᵒˢ 1 à 8 de la dernière année sont en livraisons.
> Tout ce qui a paru de cette importante publication.

98. — L'Architecture privée au xıxᵉ siècle, sous Napoléon III.
Nouvelles maisons de Paris et des environs. *Paris, Morel*,
1864. 3 vol. in-fol., pl. gravées, demi-chag. viol., dos
orné, montés sur onglets.

> Tome 1ᵉʳ. — Hôtels privés. Tome II. — Maisons à loyer.
> Tome III. — Villas suburbaines.

99. — Architecture privée au xıxᵉ siècle, *Paris*, (1872), in-fol.,
titre et 13 planches, demi-chag. viol., monté sur onglets.

> Villas suburbaines (1ʳᵉ classe).

100. **Dan** (le R. P. F. Pierre). Le Trésor des Merveilles de
la maison Royale de Fontainebleau, contenant la description de son antiquité, de sa fondation, de ses bastimens, de
ses rares peintures, tableaux, emblemes et devises; de ses
jardins, de ses fontaines, et autres singularités qui s'y
voyent. Ensemble les traictez de Paix, les assemblées,...
A Paris chez Sébastien Cramoisy, 1642, in-fol., fig.,
maroq. rouge, dos orné, fil., dent. int., tr. dorée (*Petit.*)

101. **Daumier**. Caricatures. *A Paris, chez Aubert*, s. d., in-4,
demi-bas. verte.

> Locataires et propriétaires, 27 p. — Croquis musicaux, 16 p.
> Ens. 43 p.

102. **Daumier et Philipon**. Les Robert-Macaire. *Paris,
chez Aubert, passage Véro-Dodat*, s. d., in-4, demi-bas.
rose, dos orné, tr. jas.

> Album de 100 lithographies en couleurs par Daumier et Philipon.

103. d'Aviler (Augustin-Charles). Cours d'Architecture qui comprend les ordres de Vignole, avec des commentaires, les figures et les descriptions de ses plus beaux Bâtimens et de ceux de Michel-Ange... et généralement tous ce qui regarde l'art de bastir. Nouvelle édition, enrichie de nouvelles planches, 1 vol. — Dictionnaire d'Architecture civile et hydraulique, et des arts qui en dépendent. Ouvrage servant de suite au cours d'architecture du même auteur. Nouvelle édition, corrigée et considérablement augmentée. *A Paris, chez Ch.-Ant. Jombert*, 1755-1760, ens. 2 vol., in-4, fig., veau ant., dos ornés, tr. rouge.

104. Decker (Paulus). Furstlicher Baumeister oder : Architectura Civilis... *Augspurg*, 1711-1713, 2 vol. in-fol., oblongs, veau écaille, compartiments de dent. sur les plats, dos orné (*Rel. anc. unif.*)

> Rare.
> 59 et 40 planches gravées, avec frontis, titres et 4 ff. de texte.

105. — Der Furstlichen Baumeisters Anhang... *Augspurg,* 1713, in-fol., demi-rel., monté sur onglets.

> Titre et 30 pl., la plupart doubles, gravées sur cuivre.

106. Decloux et Doury. Histoire archéologique, descriptive et graphique de la Sainte-Chapelle du Palais. Rédigée, dessinée, peinte et publiée, par Decloux et Doury, architectes. *Paris, Malteste*, 1857, in-fol., demi-chag. rouge, plats toile, dos orné, tr. jas. (*Despierres*).

> Titre en couleurs et or, texte entouré d'encadrements coloriés, et 25 pl., dont 20 en couleurs et en or.

107. Delorme (Philibert). Architecture de Philibert de L'Orme, conseiller et aumosnier ordinaire du Roy, et abbé de Sainct Serge lez Angers. Œuvre entière contenant onze livres. *A Paris, chez Regnauld Chaudière*, in-fol., fig. sur bois, demi-bas. fauve, tr. rouge.

108. Demetz et Blouet. Rapports à M. le Comte de Montalivet, pair de France, ministre secrétaire d'état au département de l'intérieur, sur les pénitenciers des Etats-Unis. *Paris*, Impr. Roy., 1837, in-4, demi-bas., dos orné, tr. marbrée.

109. **Démidoff** (Anatole). Voyage dans la Russie Méridionale et la Crimée, par la Hongrie, la Valdachie et la Moldavie. Illustré par Raffet. 2° édition. *Paris, Bourdin*, 1854, gr. in-8, fig., demi-veau bleu, dos orné, tr. jas.

Illustré, par Raffet, de planches en lithographie et de planches gravées coloriées.

110. **Denkmal** König Friedrichs des Grossen. *Berlin*, 1851, in-fol., percal. artist. de l'éditeur, fers spéciaux, tr. dorée.

18 pp. de texte allemand et 8 planches tirées sur chine.

111. **Descamps** (J.-B.). La Vie des peintres flamands, allemands et hollandais, avec portraits. *A Paris, chez Ch.-Ant. Jombert*, 1753-1764, 4 vol. in-8, fig., veau marbré, dos orné, tr. rouge (*Rel. anc.*)

112. **Description** de la cathédrale de Beauvais, accompagnée du plan, des vues et des détails remarquables du Monument, et précédée d'un résumé des principaux événements qui s'y rattachent, par Emm. Woillez. *Paris et Beauvais*, in-fol., demi-veau rac., tr. jas.

Titre rouge, bleu et noir, 12 ff. de texte, et 13 pl. lithographiées, dont une de vitraux en couleurs.

113. **Description des Fêtes** données par la Ville de Paris les vingt-trois et vingt-six février mil sept cent quarante-cinq, à l'occasion du Mariage de Mgr le Dauphin avec Madame Marie-Thérèse, infante d'Espagne. *Paris*, s. d. (18°), gr. in-fol., veau marbré, dos orné. dent. sur les plats et int., tr. dorée (*Aux armes de la ville de Paris*).

Recueil entièrement gravé, composé de 2 ff. pour le titre et le frontispice, 9 ff. pour la description avec encadrements, et 19 grandes planches, la plupart doubles.
Bel exemplaire.

114. Description des travaux qui ont précédé, accompagné et suivi la fonte en bronze d'un seul jet de la statue équestre de Louis XV, le bien-aimé. Par M. Lempereur et Mariette. *Paris*, 1768, in-fol., planches gravées, demi-chag. vert, tr. marbrée.

115. Desgodetz (ANTOINE). Les édifices antiques de Rome, dessinés et mesurés très exactement. *Paris. J.-B. Coignard*, 1682, in-fol., pl., veau ant., dos orné, tr. rouge.

Édition originale.

116. Dessin d'après nature (LE), et sans maître, par Mᵐᵉ Le Breton, 1 vol. — Nouvelle théorie simplifiée de la perspective, par Sutter, 1 vol. — Dictionnaire des Arts du dessin, par Boutard, 1 vol. — *Paris*, 1826-1859, ensemble 3 vol. in-4 et in-8, reliés.

Les 2 premiers sont ornés de planches.

117. Destailleur (H.). Recueil d'estampes relatives à l'ornementation des appartements aux xviᵉ, xviiᵉ et xviiiᵉ siècles. Publiées sous la direction et avec un texte explicatif, par M. H. Destailleur, gravées en fac-simile par MM. R. Pfnor, Carresse et Riester. *Paris, Rapilly*, 1863-1871, 2 vol. in-fol., demi-chag. vert, dos orné, montés sur onglets.

144 planches d'après Du Cerceau, Lepautre, Bérain, Daniel Marot, Meissonnier, La Londe, etc.

118. Detournelle. Recueil d'architecture nouvelle. *A Paris chez l'auteur*, an XIII (1805), gr. in-4, demi-maroq. rouge, coins, dos orné, tr. jaune.

Frontispice et 102 planches gravés au trait. Ce recueil est composé d'un choix de projets réunis en 17 cahiers de chacun 6 ff., donnant des motifs d'architecture et de décoration dans le style du 1ᵉʳ empire.

119. Deville (A.). Comptes de dépenses de la construction du Château de Gaillon. *Paris,* Impr. Nationale, 1850, texte in-4 et atlas in-fol., demi-chag. bleu.

L'atlas contient 16 planches gravées ou lithogr.

120. Le Diable à Paris. Paris et les Parisiens. Illustrations par Gavarni, et vignettes par Bertall, Daubigny, Français et autres. *Paris, Hetzel,* 1845-1846, 2 vol. gr. in-8, fig., demi-maroq. rouge écrasé, coins, dos à nerfs, tête dorée, n. rog.

121. Dictionnaire des antiquités romaines et grecques, accompagné de 2 000 gravures. Par Ant. Rich, 1 vol. — *Diction-naire* de biographie, mythologie, géographie anciennes, accompagné de près de 1 000 gravures. Par Theil, 1 vol. — *Dictionnaire* des artistes de l'école française du xix° siècle, par Ch. Gabet, 1 vol. *Paris,* 1831-1865, ensemble 3 vol. in-8, reliés.

122. Didron. *Iconographie chrétienne.* Histoire de Dieu, *Paris, Impr. Roy.,* 1843, in-4, fig., demi-bas. fauve, dos orné, tr. jas.

123. Dietterlin (Wendelino). Architectura de constitutione symmetria, ac proportione quinq; colomnarum : ac omnis, inde promanantis structurae artificiosae; utpote fenestra-rum, caminorum, postium feu portalium, pontium, atq; Epitaphiorum *Norinbergae,* 1598, in-fol.. demi-chag. Lavall., plats toile, dos orné, tr. dorée (*Rel. mod.*).

> Nombreuses planches gravées sur cuivre.
> Un titre détaché de la reliure ajouté.
> Plusieurs planches sont remontées.

124. Dijon ancien et moderne. Par Maillard de Chambure. *Dijon,* 1840, in-8, demi-veau fauve, dos orné, tr. marbrée.

> Illustré de lithographies, hors texte, tirées sur Chine. Planches en couleurs ajoutées.

125. Domaine de la Couronne. Le Château de Fontainebleau. *Paris,* 1837-1840, demi-maroq. vert, dos orné, pl. montées sur onglets.

> 47 pp. de texte et 59 pl. doubles.

126. — Le Palais Royal. *Paris,* 1830-1834, 1 vol. in-8 de texte, par Vatout, et un atlas de planches par Fontaine, demi-rel., tr. jas.

Chiffre du Roi Louis-Philippe au dos de l'atlas, qui comprend 60 planches dessinées par l'architecte P. F. L. Fontaine.

127. Domaine de la Couronne. Château de Saint-Cloud. *Paris*, 1839-1840 in-4, demi-chag. vert, dos orné, pl. montées sur onglets.

33 pp. de texte et 58 planches.

128. — Les Palais des deux Trianons. *Paris*, 1837-1841, in-4, demi-chag. grenat, dos orné, pl. sur onglets.

26 pp. de texte et 28 plans.

129. — Le Palais des Tuileries. *Paris*, 1837, in-4, demi-chag. rouge dos orné, pl. montées sur onglets.

61 pp. de texte et 39 pl. doubles.

130. — Versailles. *Paris*, 1836, in-4, demi-maroq. bleu, dos orné, pl. montées sur onglets.

29 pp. de texte et 28 planches.

131. — Les palais royaux. *Paris*, 1836-1840, in-4, demi-maroq. brun, tr. jas.

Chiffre du Roi Louis-Philippe sur le dos.
Texte des palais des Tuileries, du Louvre, Palais Royal, Versailles, les deux Trianons, le Château de Fontainebleau, Château de Neuilly, Château d'Eu. *Sans planches.*

132. Domaine privé du Roi. Château d'Eu. *Paris*, s. d. (vers 1830), in-4, demi-chag. rouge, dos orné, tr. jas.

20 pp. de texte et 35 pl., dont 1 en couleurs, par l'architecte Fontaine.

133. — Mouceaux et le Raincy. *S. l. n. d. (Paris*, 1838), in-4, demi-chag. grenat, dos orné, monté sur onglets.

Recueil de 3 vues perspectives et 22 plans.

134. — Château de Neuilly. *Paris*, 1836, in-4, demi-maroq.
vert, dos orné, tr. jas.

> 22 pp. de texte et 25 planches, dont 12 en couleurs, par l'archi-
> tecte Fontaine.
> Un plan et 2 portraits ajoutés.

135. Donnet et Kauffmann. Architectonographie des Théâtres
de Paris, ou Parallèle historique et critique de ces édifices,
considérés sous le rapport de l'architecture et de la décoration. *Paris*, de *Lacroix-Comon*, 1840-1857, 2 parties en
1 vol. in-8 de texte, et 2 parties en 1 vol. in-4 de planches,
demi-chag. vert, tr. jas.

> 1ʳᵉ partie. — Théâtres construits jusqu'en 1820.
> 2ᵉ partie. — Théâtres construits depuis 1820.

136. Du Cerceau. Les plus excellents bastiments de France.
A Paris pour ledit Jacques Androuet du Cerceau, 1576-1607,
2 tomes en 1 vol. in-fol., pl. — *Livre d'architecture* de
Jacques Androuet du Cerceau, contenant les plans et des-
saings de cinquante bastiments tous différents, 1611. —
Livre d'architecture de Jacques Androuet du Cerceau auquel
sont contenues des plans et élévations... pour bastir aux
champs, 1615. — *Livre des édifices antiques Romains*, par
J.-A. du Cerceau, 1584. *Paris*, 1584-1611, 3 tomes en
1 vol. in-fol. pl.

> Ensemble 5 tomes en 2 vol. in-fol., veau fauve, dos
> orné, fil., armoiries sur les plats, tr. rouge (*Rel. anc. unif.*).

> On y a joint un dessin original de Du Cerceau pour la fontaine
> d'Anet.

137. — Second livre d'architecture, par Jacques Androuet du
Cerceau, contenant plusieurs et diverses ordonnances de
cheminées, lucarnes, portes, fontaines, pavillons, pour
enrichir tant le dedans que le dehors des édifices. Avec les
desseins de dix sépultures toutes différentes. *A Paris, de
l'Imprimerie d'André Wechel*, 1561, in-fol., pl., veau por-
phyre, dos orné, compartiments de fil. sur les plats, en
noir, argent et or, petits fleurons aux angles, avec, au

centre, un médaillon oval orné d'entrelacs noirs sur fond d'or, tr. dorée. (*Rel. anc.*).

138. — Leçons de Perspective positive. *A Paris, par Mamert Pattison*, 1576, in-4, fig., vélin blanc (*Rel. anc.*).

139. Du Cerceau (Les), leur Vie et leur Œuvre, par le Baron H. de Geymüller. *Paris, librairie de l'Art*, 1887, in-4, fig., percal. de l'édit., fers spéciaux, tête dorée, n. rog.

De la Bibliothèque internationale de l'Art.

140. Duchesne. Guide de la culture des Bois, ou herbier forestier. *Paris*, s. d., 1 vol. de texte in-8, et atlas in-fol.

L'Atlas comprend 63 planches représentant des rameaux d'arbres, grandeur nature, et des fig. de fructification.
De la collection de Rosny. Les titres manquent.

141. Dumas (A.). Histoire de la vie politique et privée de Louis-Philippe. *Paris, Dufour et Mulat*, 1852, 2 tomes en 1 vol. gr. in-8, fig., demi-chag. rouge, plats toile, dos orné, tr. jas.

Nous y joignons : Histoire du Prince Royal, Duc d'Orléans, par J. Arago et Ed. Gouin. 2ᵉ édition. *Paris, Chapelle*, s. d., in-8, fig. — Neuilly, Notre-Dame et Dreux (par Cuvillier-Fleury). *Paris*, 1842, in-8. Ensemble 3 vol. reliés.

142. Dumont (Gabriel-Martin). Détails des plus intéressantes parties d'architecture de la Basilique de Saint-Pierre de Rome. *Paris, chez l'auteur et|chez Mᵐᵉ Chéreau*, 1763, in-fol., pl. grav., demi-veau fauve, tr. jas.

143. Duplessis (Georges). Histoire de la Gravure en Italie, en Espagne, en Allemagne, dans les Pays-Bas, en Angleterre et en France; suivie d'indication pour former une collection d'estampes. *Paris, Hachette*, 1880, gr. in-8, fig., demi-chag. rouge, coins, dos orné, tête dorée, n. rog.

144. Durand (J.-N.-L.) Recueil et Parallèle des édifices de tout genre, anciens et modernes) remarquables par leur beauté, par leur grandeur ou par leur singularité, et dessinés sur une même échelle. *A Paris, chez l'auteur,* an IX (1801), gr. in-fol., 92 planches gravées, demi-rel., n. rog.

Ouvrage connu sous le nom de *Grand Durand*.

145. Durelli. La Certosa di Pavia descritta ed illustrata dai fratelli Francesco e Gaetano Durelli. *Milano, Civelli,* s. d., in-fol. en carton.

72 planches gravées avec texte explicatif en italien.

146. Du Sommerard (Alexandre). Les Arts au Moyen Age en ce qui concerne principalement le palais romain de Paris, l'hôtel de Cluny issu de ses ruines et les objets d'art de la collection classée dans cet hôtel. *Paris,* 1838-1846, 5 vol. in-8 de texte et atlas in-fol. de pl., demi-chag. rouge avec coins, dos orné, tête dorée, n. rog.

Planches en ancien coloris.

147. Eau-forte. 12 costumes d'Italie d'après les peintures inédites de Barbault à Rome, en 1750, gravés à l'eau-forte par Léon Gaucherel. *Paris, Cadart,* s. d., in-4, 12 eaux-fortes avant lettre, demi-chag. vert, coins, dos orné, monté sur onglets. — Vues pittoresques à l'eau-forte, par Eug. Bléry. *Paris,* 1846, in-4, 20 eaux-fortes tirées sur Chine, demi-chag. rouge, tr. jas. Ensemble 2 vol. in-4, reliés.

148. Eck (Ch. L. G.) Traité de construction en poteries et fer ; suivi d'un recueil de machines appropriées à l'art de bâtir: 1 vol. — Traité de l'application du fer, de la fonte, et de la tôle dans les constructions civiles, industrielles et militaires. 1 vol. *Paris,* 1836-1841, ens. 2 vol. in-fol., demi-toile verte.

Avec 146 planches gravées par Hibon et Leblanc.

149. Églises principales de l'Europe. Dédiées à SS. Léon XII. *Milan,* s. d. (1824), in-fol., demi-veau rouge, coins, dos orné.

Orné de planches gravées, en noir et en couleurs.

150. Églises principales d'Europe. Dédiées à S. S. Léon XII. *Milan*, 1824, in-fol., planches noires et coloriées, demi-rel., 1 vol. — Charpente de la cathédrale de Messine, dessinée par M. Morey, gravée et lithographiée, par H. Roux aîné. *Paris, Didot*, 1841, in-fol., encadrements et planches en couleurs et or, rel. demi-toile, 1 vol. Ensemble 2 vol. in-fol. reliés.

151. Emy. Traité de l'art de la Charpenterie. *Paris*, 1837-1841, 2 vol. in-4, et atlas gr. in-fol. demi-chag, rouge-dos orné, tr. jas.

152. Encyclopédie d'Architecture. Revue mensuelle des Travaux publics et particuliers. Publiée sous la direction d'un comité d'architectes et d'ingénieurs. 2ᵉ série. De l'origine, 1872 à 1885 inclus. *Paris*, 1872-1885, 14 vol. in-4, demi-percal. grise, n. rog.

Nombreuses planches gravées et en couleurs.

153. L'Entrée triomphante de leurs Majestez Louis XIV, roy de France et de Navarre, et Marie-Thérèse d'Austriche, son épouse, dans la ville de Paris, capitale de leurs royaumes, au retour de la signature de la paix generalle, et de leur heureux mariage. *A Paris chez Le Petit, Thomas Joli*, 1662, in-fol., figures, veau ant., dos orné, tr. rouge. (*Rel. anc.*).

Orné de planches gravées par Jean Marot.

154. Exposition de Londres (1862). Chefs-d'œuvre d'art industriel. Par J.-B. Waring's, architecte). S. l. n. d., in-fol. oblong., demi-rel.

Recueil factice de 54 planches en couleurs : orfèvrerie, faïences, meubles, armes, etc, 51 sont montées sur papier fort ; 3 sont détachées.

155. Faujas de Saint-Fond. Description des expériences de la machine aérostatique de MM. de Montgolfier, et de celles auxquelles cette découverte a donné lieu. *A Paris chez Cuchet*, 1783, in-8, fig., veau anc.

156. Félibien (Michel). Histoire de l'Abbaye Royale de Saint-Denys en France. *A Paris, chez Fréd. Léonard*, 1706, in-fol., fig. et pl., veau ant., dos refait.

157. — Description de la Grotte de Versailles. *A Paris, de l'Imprimerie Royale*, 1779, in-fol., 20 pl. gravées, veau anc.

158. Félibien et Lobineau. Histoire de la Ville de Paris. *Paris*, 1725, 5 vol. in-fol., veau ant., dos orné, tr. rouge.

Planches gravées sur cuivre hors texte.

159. Flaxmann. Œuvre. Recueil de ses compositions gravées par Réveil, avec analyse de la divine comédie du Dante et notice sur Flaxman. Sujets divers. *Paris, Réveil*, 1836, in-8 oblong. fig., demi-chag. rouge, dos orné, tête jas. n. rog.

1ᵉʳ tirage des nombreuses planches gravées par Réveil.

160. Fontaines (Les) de Paris, anciennes et nouvelles, les plans indiquant leurs positions dans les différents quartiers, et les conduits pour la distribution de leurs eaux ; ouvrage gravé au trait ; précédé d'une dissertation sur les eaux de Paris (Par Moisy et Amaury-Duval). Nouvelle édition. *Paris, Bance aîné*, 1828, in-fol., demi-chag. rouge, dos orné, tr. jas.

161. Fontana (Dominico). Della transportatione dell'Obelisco Vaticano et delle fabriche di nostro signore Papa Sixto V. *Roma*, 1590. in-fol., pl. grav., veau rac., dos orné, fil., tr. rouge (*Rel. anc.*).

162. Le Fontane di Roma nelle piazze, e luoghi publici della citta, con li loro prospetti, come sono al presente. Disegnate, et intagliate, da Gio : Battista Falda. Date in luce con direttione, e cura da Gio : Giacomo de Rossi. *Rome*, s. d., 4 parties en un vol., in-4, demi-bas.

4 titres, 1 frontispice, et 102 planches gravées sur cuivre.

163. Fortoul (Hip.). La Danse des Morts, dessinée par Hans Holbein, gravée sur pierre par Joseph Schlotthauer. *Paris, Labitte*, s. d., in-12, demi-chag. noir.

On y a joint l'Alphabet de la Mort de Hans Holbein, publié par Anatole de Montaiglon, *Paris*, 1856. in-8. cartonné. Ens. 2 vol.

164. France maritime (La), fondée et dirigée par Amedée Gréhan, 2ᵉ édit. *Paris, Dutertre*, 1852-53, 4 vol. gr. in-8 à 2 col., nomb. pl. hors texte, demi-chag. vert, dos orné, tr. jas. — La France au xixᵉ siècle, illustrée dans ses monuments et ses plus beaux sites, dessinés, d'après nature, par Thomas Allom. Avec un texte descriptif, par Charles-Jean Delille. *Londres et Paris*, s. d., 3 vol. in-4. fig., demi-chag. vert, coins, dos orné, tr. jas.
Ensemble, 7 vol. in-4 illustrés.

165. Gailhabaud (Jules). Monuments anciens et modernes. Collection formant une histoire de l'architecture des différents peuples à toutes les époques. *Paris, Didot*, 1853, 4 vol.. in-4, nombr. pl. grav., demi-chag. vert, dos orné, n. rog.

166. — L'Architecture du vᵉ au xviiᵉ siècle et les arts qui en dépendent. *Paris, Gide*, 1858, 4 vol. in-4 et atlas in-fol., nombr. planches gravées, demi-chag. rouge, dos orné, n. rog.

167. — L'Art dans ses diverses branches. ou l'Architecture, la sculpture, la peinture, la fonte, la ferronnerie, etc., chez tous les peuples et à toutes les époques jusqu'en 1789. (1ʳᵉ partie). *Paris*, 1863, in-4, demi-veau rouge avec coins, dos orné, tr. marbrée, monté sur onglets.

Nombreuses planches gravées sur cuivre.

168. Galerie de la Reine, dite de Diane à Fontainebleau, peinte par Ambroise Dubois en 1600, sous le règne d'Henri IV, 1858. — Les appartements de S. M. l'Impératrice au Palais des Tuileries. Publiés par M. Eugène Rouyer, 1868. *Paris*, 1858-1868, 2 vol. in-fol., planches, reliés et en portef.

169. **Galerie des Artistes anglais** de l'école moderne, ou collection de gravures d'après Turner, Stanfield, Roberts, Bonington, Haveli, Prout, Arnold, Gattermole, Cox, Copley Fielding, Dewint, Austin et autres. Par les plus habiles artistes de Londres. Avec l'explication des sujets. *Paris,* 1837, in-4, demi-chag. rouge, dos orné.

170. **Galerie dramatique** de Paris. 80 portraits en pieds dessinés d'après nature par Al. Lacauchie, et accompagnés d'autant de Portraits littéraires. *Paris, Marchant,* 1841, 2 tomes en 1 vol. in-4, demi-chagr grenat, plats toile, tr. dorée.

> Le titre du tome 2 manque.

171, **Gandy and Baud**. Pictorial and practical illustrations of Windsor Castle. *London,* 1840, in-fol., lithogr. à 2 teintes, demi-chag. viol., plats toile, rel, de l'édit.

172. **Gaucherel** (Léon). Exemples de Décoration appliqués à l'architecture et à la peinture depuis l'antiquité jusqu'à nos jours. Antiquité, époque romaine, époque gothique, Renaissance, art moderne. *Paris, Bance,* 1857, in-fol., demi-percal. bleue.

> 120 planches gravées par Gaucherel.

173. **Gauthier** (P.). Les plus beaux édifices de la Ville de Gênes et de ses environs. *Paris.* 1818-1822, 2 vol. in-fol., planches, demi-rel.

174. **Gautier** (Théophile). Les Salons de Paris (Salon de 1857). Cinquante planches gravées et lithographiées par MM. Bracquemond, E. Frère. Daubigny, Celestin Nanteuil, Mouilleron, etc. *Paris, Bureaux de l'Artiste,* 1859, in-fol., demi-chag. rouge, dos orné, n. rog.

> D'après les œuvres de Baudry, Bouguereau, Chaplin, Courbet, Fromentin, Landelle, Daubigny, J.-F. Millet, etc., etc.

175. **Gavarni**. Contes fantastiques de Hoffmann. Traduction nouvelle, précédés de souvenirs intimes sur la vie de l'au-

teur, par P. Christian. Illustré par Gavarni. *Paris*, Morizot,
1861, 1 vol. — Les Petits Bonheurs, par Jules Janin.
Illustrations de Gavarni. *Morizot*, s. d., 1 vol. *Paris*,
Morizot, 1861 et s. d., ensemble 2 vol. in-8, fig., demi-
rel. plats toile, tête dorée.

176. Gavarni. Les premières œuvres de Gavarni, texte par
Arsène Houssaye, 1 vol. — Masques et Visages. *Paris*,
Delahays, 1860, 1 vol. — Masques et Visages, notice par
Sainte-Beuve. *Paris*, *Calmann Lévy*, s. d., 1 vol. — Les
Lorettes (extraits du Charivari). — Londres et les Anglais,
par Em. de La Bédollière, *Paris*, *Barba*, s. d., 1 vol.
Ensemble 5 vol. de divers formats reliés et en carton.

177. Gazette des Architectes et du Bâtiment. Revue bi-
mensuelle publiée sous la direction de Viollet-le-Duc fils,
Corroyer et de Baudot, de l'origine, 1863, à la 11ᵉ année,
1875, inclus. *Paris*, 1863-1875, 11 vol. in-4, nombreuses
fig., demi-chag. brun, dos orné, tr. jas. (Les 4 dernières
années sont en feuilles).

> On y a joint : Gazette du Bâtiment. Revue et annonces des matières
> premières, des machines, etc. 1ʳᵉ année. *Paris*, 1860-61, un vol. in-8,
> rel.

178. Gell et Gandy. Vues des ruines de Pompéi d'après l'ouvrage publié à Londres en 1819 par Sir William Gell et
J.-P. Gandy, sous le titre de Pompeiana. *Paris*, *Didot*,
1828, in-4, veau fauve, ornements dorés et à froid sur le
dos et les plats, fil. int. (*Thouvenin*).

> Vignette sur le titre représentant les armes de la duchesse de
> Berry, et 125 planches lithogr., tirées sur chine ; plusieurs en couleurs.
> Rousseurs.

179. Girault de Prangey. Souvenirs de Grenade et de l'Alham-
bra. *Paris*, 1837, in-fol., pl. lithog., demi-chag. vert,
dos orné.

180. — Essai sur l'Architecture des Arabes et des Mores, en
Espagne, en Sicile, et en Barbarie. *Paris*, 1841. gr. in-8,
pl. noires et coloriées, demi-chag. vert avec coins, dos orné,
tête dorée, n. rog. (*qq piqûres*).

181. Gomboust. Plan de Paris dressé géométriquement en 1649, et publié en 1652, par Jacques Gomboust, avec le texte... gravé en fac-similé par Lebel, et publié par la Société des Bibliophiles français. *Paris, Techener*, 1858, in-fol., pl., en carton.

182. Goncourt (ED. et J. DE), L'Art du dix-huitième siècle, 2ᵉ édit. *Paris Rapilly* 1873-1874, 2 vol. gr. in-8, br., couv.

Exemplaire sur papier de Hollande.

183. Goujon (JEAN). Son œuvre, gravé au trait d'après ses statues et ses bas-reliefs, par M. Réveil, accompagné d'un texte explicatif sur chacun de ses monuments qu'il a embellis de ses sculptures, et précédé d'un essai sur sa vie et ses ouvrages. *Paris Audot*, 1844, gr. in-8, demi-rel.

184. Gourlier... Choix d'édifices publics projetés et construits en France depuis le commencement du XIXᵉ siècle; publié par MM. Gourlier, Biet, Grillon, et feu Tardieu, *Paris*, 1825-1836, 3 vol. in-fol., nombr. pl., demi-chag. vert, dos orné.

185. Gozzini. Monuments sépulcraux de la Toscane, dessinés par V. Gozzini et gravés par J. Scotto. Nouvelle édition. *Florence*, 1821, in-4, planches, cartonné.

Nous y joignons : Souvenirs de la Sicile, par M. le Vte Alph. de Morogues. *Orléans*, 1836, in-4, 19 lithog., cartonné. — Description du théâtre de Marcellus, à Rome, rétabli dans son état primitif, d'après les vestiges qui en restent encore, par A. L. T. Vaudoyer. *Paris*, 1812, in-4, planche, demi-rel.
Ensemble 3 vol. in-4.

186. Grandjean de Montigny et Famin. Architecture toscane, ou palais, maisons et autres édifices de la Toscane. *Paris*, 1837, in-fol., demi-veau vert.

110 pl. gravées au trait.

187. Grandville. Les Métamorphoses du Jour. 73 lithographies coloriées. *Paris, Bulla*, s. d., in-4, oblong. demi-chag. rouge.

1ᵉʳ tirage. Avec la pl. 73 (scarabées), qui manque presque toujours.

188. Grandville. Scènes de la Vie privée et publique des Animaux. Vignettes par Grandville. Études de mœurs contemporaines publiées sous la direction de P.-J. Stahl. *Paris, Hetzel*, 1842-44, 2 vol. gr. in-8, fig., percal. artist. de l'édit., fers spéciaux, tr. dorée. — *Cent Proverbes*, par Grandville. *Paris, Fournier*, 1845, in-8, fig., demi-veau fauve avec coins, dos orné, tête dorée, n. rog. Ensemble 3 vol. cartonnés et reliés.

189. — Les Fleurs animées. Introductions par Alphonse Karr, texte par Taxile Delord. *Paris, G. de Gonet*, 1847, 2 vol, gr. in-8, fig. en couleurs, demi-chag. vert, dos orné, tr. dorée (Rel. de l'édit.).

190. Grand prix d'Architecture. Projets couronnés par l'Académie d'Architecture et par l'Institut de France, gravés et publiés par Allais, Detournelle et Vaudoyer. *Paris*, 1806-1834, 3 vol. in-fol., demi-rel.

191. Gravelot et Cochin. Iconologie par figures, ou traité complet des Allégories, Emblèmes, etc., par MM. Gravelot et Cochin. *Paris, Lattré graveur*, s. d., (18° s.), 4 vol. in-8, fig., veau marbré, dos orné, fil., tr. dorée.

> Nombreuses figures gravées par Choffard, de Longueil, Née, Aug. de St Aubin, etc.

192. Gravure. Manière de graver à l'eau-forte, par A. Bosse, *Paris*, 1645, in-8, fig., veau anc. — Lettre illustrée sur le salon de 1865, par Martial. *Paris, Cadart*, 1865, in-8, demi-rel. — Essai typographique et bibliographique sur l'histoire de la gravure sur bois, par A. Firmin-Didot, 1863, 1 vol. — Histoire artistique et archéologique de la gravure en France, par Bonnardot, 1849, 1 vol. — Ensemble 4 vol. rel.

193. — (Histoire de la) en France, par Georges Duplessis. 1861, in-8 rel. — Essai sur l'art de restaurer les estampes et les livres, par Bonnardot. 1858, in-12, rel. — Les Chefs-d'œuvre de la gravure, 1863, in-4, rel. *Paris*, 1858-1863, ens. 3 vol. in-4, in-8 et in-12, reliés.

194. **Grèce** (La) pittoresque et historique, par Wordsworth;
trad. E. Regnault. Illustrations sur acier et sur bois. *Curmer*, 1841, 1 vol. — L'Acropole d'Athènes, par E. Beulé.
Didot, 1853-54, 2 vol. — Bas-reliefs du Parthénon et du
temple de Phigalie. Nlle. édit. *Didier*, 1860, 1 vol. *Paris*,
1841-1860, ensemble 4 vol, in-4 et in-8, avec planches,
reliés.

195. **Grohmann** (Jean-Godefroi). Fragmens d'architecture
gothique. Ouvrage aussi intéressant qu'utile et instructif
pour les architectes et amateurs de l'architecture. Titre
gravé, 2 ff. pour l'introduction et la table, et 12 planches
gravées. — *Architecture égyptienne,* ouvrage utile aux
architectes qui veulent acquérir une connaissance appro-
fondie de leur art et aux amateurs, qui désirent d'étendre
leurs connoissances. Titre gravé, 2 ff. pour l'Avant-propos
et la table, et 10 planches gravées sur cuivre. *Leipsick,* s. d.,
ens. 2 ouvrages en un vol. in-4, bas. marbrée, dos et plats
ornés, tr. rouge.

196. **Gruner** (Louis). Décorations de palais et d'églises en
Italie, peintes à fresque ou exécutées en stuc, dans le cours
du xv° et du xvi° siècle. Nouvelle édition, considérablement
augmentée. *Paris et Londres*, 1854, in-fol., demi-chag.
rouge avec coins, dos orné.

Avec les planches en deux états : une suite de planches noires et
une suite de planches coloriées à la main. Superbe ouvrage,

197. **Guillaumot** (Aug.-Alex.). Château de Marly-le-Roy.
Paris, Morel, 1865, in-fol., demi-chag. rouge, monté sur
onglets.

1re édition, cont. 28 pp. de texte illustré et 15 planches gravées.

198. **Guilmard** (D.). La connaissance des styles de l'ornementation et des arts qui s'y rattachent, depuis l'ère chrétienne jusqu'à nos jours. Nouvelle édit. *Paris*, 1853, in-4,
136 pp. de texte illustré, et 42 planches, demi-chag.
vert, tr. jas.

199. **Hassenfratz** (J.-H.). Traité de l'art du charpentier. Première partie. *Paris, Didot*, 1804, in-4. planches, maroq. rouge à long grain, dos orné, ornements sur les plats, dent. int., tr. dorée (*Rel. de l'époque*).

200. **Heideloff** (Charles). Les Ornements du Moyen Age. *Paris, Morel*, s. d., in-4, demi-chag. marron. dos orné, tr. jas.

200 planches accompagnées d'un texte explicatif.

201. **Herculanum et Pompéi.** Recueil général des peintures, bronzes, mosaïques, etc. Augmenté de sujets inédits gravés au trait sur cuivre, par H. Roux aîné. *Paris*, 1840, 8 vol., gr. in-8, fig., demi-chag. bleu avec coins, dos orné (*Rel. de l'époque*).

Le 8ᵉ vol., qui contient le Musée secret, est relié demi-veau rac., dos orné, tr. jas. Dans un étui.

202. **Histoire** du vieux et du nouveau Testament, enrichie de plus de quatre cens figures en taille-douce, etc. *A Amsterdam, chez Pierre Mortier*, 1700, 2 vol. in-fol., fig., veau ant., dos orné, tr. dorée.

203. **Hittorff** (J.-J.). Restitution du temple d'Empédocle, à Sélinonte, ou l'architecture polychrome chez les Grecs. *Paris, Didot*, 1851, 1 vol. in-4 de texte et atlas in-fol. de pl., reliés demi-veau rac·, tr. jas.

L'Atlas comprend 25 planches en couleurs.

204. **Hittorff et Lecointe.** Baptême de S. A. R. le Duc de Bordeaux. Recueil des décorations exécutées d'après les dessins et sous la conduite de Hittorff et Lecointe, architectes du Roi. *Paris*, 1827, gr. in-fol., cartonné.

12 planches gravées au trait.

205. **Hittorff et Zanth**. Architecture moderne de la Sicile. *Paris*, 1835, in-fol., demi-bas. viol.

76 planches gravées au trait.

206. Horeau (Hector). Panorama d'Égypte et de Nubie, avec un portrait de Mehemet-Ali et un texte orné de vignettes. *Paris, l'auteur*, 1841, in-fol., demi-chag. rouge, dos orné, n. rog.

> Orné de grandes planches en couleurs.

207. Hugo (Victor). Notre-Dame de Paris. Édition illustrée d'après les dessins de De Beaumont, Daubigny, T. Johannot, de Lemud, Meissonnier, etc. *Paris*, Perrotin, 1844, gr. in-8, fig., demi-chag. Lavall., dos orné, tr. jas.

> 1er tirage.

208. Intime-Club. Croquis d'Architecture. De l'origine, 1866, à la 15e année, 1881, inclus. *Paris*, 1866-1881, 15 années reliées en 8 vol. in-fol., nomb. pl., demi-chag. violet.

209. Isabey (J.). Voyage en Italie en 1822. Suite complète de 30 vues dessinées par Isabey et imprimées par Villain, avec table explicative, réliées en un vol. in-fol. demi-chag. rouge, coins.

210. Isabey et Leblan. Villas, maisons de ville et de campagne, composées sur les motifs des habitations de Paris moderne, dans les styles des xvie, xviie, xviiie et xixe siècles et sur un choix des maisons les plus remarquables de l'étranger. *Paris, A. Lévy*, 1864, in-fol. demi-chag. vert, dos orné, tr. jas.

> Frontispice et 55 planches lithographiés en couleurs, avec texte explicatif.

211. Italie. Monuments principaux du Musée de Naples. *Naples*, 1865. — Canina. Roma antiqua. *Rome*, 1850, in-8 et atlas, demi-vélin blanc. — Pompeiana, by Gell and Gandy. *London*, 1817-19, gr. in-8, fig. demi-rel., n. rog. — Pfeffers. Trois jours à Venise. *Paris*, 1840, in-8, fig., demi-rel. — Rome contemporaine, par Edmond About, 4e édit. *Paris*, 1861, in-8, br. — Voyage en Italie, par l'abbé Barthelemy, 2e édit. *Paris*, 1802, in-8, demi-rel. —

Toscane et Rome, par Poujoulat. *Paris,* 1840, in-8, rel. chag. tr. dorée. Ensemble 8 vol. in-4 et in-8.

212. **Italie**. L'Italie à vol d'oiseau, ou histoire et description sommaires des principales villes de cette contrée, par Hippolyte Étiennez. *Paris, Hauser,* 1852, in-fol. demi-chag. bleu, tr. jas. couv. cons.

> Avec 40 grandes vues dessinées d'après nature, par A. Guesdon, et lithographiées à deux teintes.

213. — Saint-Pierre de Rome. par Charles de Lorbac. Avec 130 gravures sur bois. *Paris, Lévy,* s. d., 1 vol. — *Pompeiana :* the topography, édifices and ornaments of Pompeii. By sir William Gell. *London,* 1825, 2. vol. — Essai sur le Pont de Rialto (à Venise), par A. Rondelet. *Paris,* 1837, 1 vol. — *Urbs Roma,* tempel, paläste. etc. Von Fr. Hei Khöler. *Leipzig,* 1829, 1 vol. — *Vues de Rome* et de ses environs. Recueil de 100 petites vues gravées sur cuivre, épreuves anciennes, 1 vol. Ensemble 6 vol. in-4 et in-8, reliés et cartonnés.

214. — Architecture italienne, ou Palais. maisons et autres édifices de l'Italie moderne, mesurés et dessinés par Callet et Lesueur. *Paris,* 1827, 1 vol. — Les Loges peintes à Rome au palais du Vatican par Raphaël Sanzio d'Urbin. *Paris,* 1813, 1 vol. — Foro Romano e sue adiacenze, del caval. Luigi Canina. *Rome,* 1845, 2 vol. — La Metropolitana Fiorentina illustrata. *Firenze,* 1820. Ensemble 5 vol. in-fol. et in-4, rel. et cartonnés.

215. **Jaillot**. Recherches critiques, historiques et topographiques sur la ville de Paris. Avec le plan de chaque quartier. *A Paris, chez l'auteur et chez Lottin,* 1772-1774, 5 vol. in-8, plans, veau ant., dos orné, tr. rouge.

> On y a joint le plan de Paris et de ses faubourgs en 1748, par le même. Feuille double grand aigle, pliée.

216. **Janin** (JULES). Voyage en Italie. *Paris, Bourdin,* 1839, gr. in-8, fig., chagrin vert, dos et plats ornés, tr. dorée (*Boutigny*). — L'été à Paris. *Paris, Curmer,* s. d. (1843),

gr. in-8, fig.. chag. vert, dos et plats ornés, tr. dorée. Ensemble 2 vol. gr. in-8, en rel. de l'époque.

> Ces 2 vol. sont en 1re édition.

217. Janin (J.). Un hiver à Paris. *Paris, Curmer et Aubert,* 1843, gr. in-8, fig., cartonnage de l'éditeur, ill. — Voyage en Italie. *Paris, Bourdin,* s. d., gr. in-8, fig., demi-chag. rouge, tr. jas. Ens. 2 vol. gr. in-8.

218. Jeaurat (EDME-SÉBASTIEN). Traité de Perspective à l'usage des artistes. *Paris,* 1750, in-4, fig, veau ant., dos orné, tr. rouge.

> Jolis vignettes et culs-de-lampe par Babel.

219. Jolimont (F.-T. DE). Les principaux monuments de la Ville de Rouen en 1825. *Rouen,* 1845, in-4, planches en couleurs, cartonné, n. rog., 1 vol. — *Monuments de la Normandie,* recueillis, lithographiés et décrits, par F.-T. de Jolimont. *Paris,* 1820, in-fol., planches, demi-chag. vert, tr. jas., 1 v. Ensemble 2 vol. in-4 et in-fol. reliés.

220. Jombert. Architecture moderne, ou l'art de bien bâtir pour toutes sortes de personnes... *A Paris, chez Claude Jombert,* 1728, 2 vol. in-4, fig. veau ant., dos orné, tr. rouge.

> Nombreuses planches gravées sur cuivre.

221. Jousse (MATHURIN). L'Art de Charpenterie. Corrigé et augmenté de ce qu'il y a de plus curieux dans cet art, par M. de La Hire, 3e édit. Avec supplément. *Paris, Ch.-Ant. Jombert,* 1751-1760, 3 vol. in-fol., nombr. planches gravées, veau ant., dos orné, tr. rouge.

> Nous y joignons : L'Art du trait de Charpenterie, par Nicolas Fourneau. *Paris, Didot,* 1820, in-fol., pl. gravées, demi-chag. brun.

222. Julien (STANISLAS). Histoire et fabrication de la porcelaine chinoise. Ouvrage traduit du Chinois par S. Julien. *Paris,* 1856, in-8, fig., demi-maroq. rouge jans., tête dorée, n. rog. (*Raparlier*)

223. **Krafft et Ransonnette**. Plans, coupes, élévations des plus belles Maisons et Hôtels construits à Paris et dans les environs. *Paris de l'Imp. de F. Benoist*, s. d. (fin du 18ᵉ s.), in-fol., pl. grav., papier bleuté, demi-bas. marbré, tr. jaune (*Rel. anc.*)

224. **Krafft** (J.-Ch.). Plans, coupes et élévations de diverses productions de l'Art de la Charpente exécutées tant en France que dans les pays étrangers. *Paris*, 1805, 4 parties en un vol. — *Supplément*, 1840, 1 vol. — *Traité des Échafaudages*, 1856, 1 vol. *Paris*, 1805-1856, ensemble 3 vol. in-fol., planches, demi-rel.

L'on y a joint : Traité complet, selon le système métrique, pour la réduction des bois de charpente équarris, par Destérac. *Paris*, s. d., in-4, rel. (Barème de produits cubiques)

225. — Portes cochères et portes d'entrée de Paris. Texte français, anglais et allemand. *Paris, Bance l'aîné*, 1810, in-4 oblong, cartonné, n. rog.

50 pl. gravées au trait.

226. — Traité sur l'art de la Charpente théorique et pratique, publié par J.-Ch. Krafft, architecte, et rédigé par M. A. F. Lomet. Texte français, allemand et anglais. *A Paris, chez l'auteur et chez Didot*, 1819-1822, 6 parties en un fort vol. in-fol., demi-chag. vert, dos orné, tête jas., n. rog.

Nombreuses planches gravées : escaliers, théâtres, etc.

227. — Maisons de campagne, habitations rurales, châteaux, fermes, jardins anglais, etc., etc., situés aux environs de Paris. 121 planches avec texte explicatif. *Paris, Bance*, 1849, 2 tomes en un vol. in-fol., demi-percal. bleue, tr. jas.

228. **Laborde** (ALEXANDRE DE). Description des nouveaux jardins de la France et de ses anciens châteaux, mêlée d'observations sur la vie de la campagne et la composition des

jardins. Les dessins par C. Bourgeois. *Paris. de l'Imprimerie de Delance*, 1808, in-fol., demi-chag. rouge, tr. jas.

Avec 138 planches gravées, dont 8 sont superposées et démontables.

229. Laborde (A. DE). Les Monuments de la France classés chronologiquement et considérés sous le rapport des faits historiques et de l'étude des Arts. *Paris, Didot,* 1816-1836, 2 vol. gr. in-fol., pl. gravées, demi-chag. rouge, dos orné, n. rog.

230. Lacroix et Seré. Le Moyen Age et la Renaissance, histoire et description des mœurs et usages, du commerce et de l'industrie, des sciences, des arts, des littératures et des beaux-arts en Europe. *Paris,* 1848-1851, 5 vol., in-4, demi-chag. vert, dos orné, tr. jas.

Illustré de nombr. planches hors texte, en noir et en couleurs.

231. Lafaye (PROSPER). Exposition Universelle de Londres. Vitraux. *Paris, Didot,* 1851. in-4 de 47 pp., demi-chag. rouge.

Mémoire sur les procédés des anciens peintres verriers.
Envoi autographe de l'auteur.

232. La Fontaine (JEAN DE). Fables choisies, mises en vers par J. de La Fontaine. *A Paris, chez Desaint et Saillant,* 1755-1759, 4 vol. in-fol., maroq. vert, dos et plats ornés, dent. int., tr. dorée.

1er tirage des figures de Oudry (exemplaire avant la légende du Léopard) avec le portrait de Oudry gravé par Tardieu, d'après Largillière. Bel. ex. dans une reliure du commencement du xix⁰ siècle.

233. Lamotte (L.). Cours méthodique de dessin linéaire applicable à tous les modes d'enseignement. *Paris,* 1830, un vol. in-8 de texte, bas. marb.. dos et plats ornés. tr. marbrée, et atlas in-4, demi-bas., tr. marbrée.

L'Atlas comprend 18 pl. doubles.

234. Lamour (JEAN). Recueil des ouvrages en serrurerie que Stanislas le Bienfaisant, Roy de Pologne, a fait poser sur la place Royale de Nancy... et plusieurs autres dessins de son invention. *Nancy, chez l'auteur*, s. d. (1768), in-fol., demi-rel.

Frontis.. dédicace et 5 ff préliminaires ornés de vignettes, et 23 pl. de serrurerie gravées par Collin et Nicolle.

235. Lasinio. La piazza del granduca di Firenze, co' suoi monumenti disegnati da Francesco Pierraccini, incisi da Gio Paolo Lasinio e dichiarati da Melchior Misserini. *Firenza, L. Bardi*, 1830, in-fol. demi-chag. bleu, tr. jas.

21 planches gravées par Lasinio, avec texte explicatif.

236. Lassus et Viollet-le-Duc. Monographie de Notre-Dame de Paris et de la nouvelle sacristie. *Paris, Morel*, s. d. (1841), in-fol., en carton.

63 planches gravées, 12 photographies et 5 chromolithographies.

237. Lebas (A.). L'Obélisque de Luxor. Histoire de sa translation à Paris, description des travaux auxquels il a donné lieu, avec un appendice... Suivi d'un extrait de l'ouvrage de Fontana, sur la translation de l'obélisque au Vatican. *Paris*, 1839, in-4, planches, demi-chag. marron, tr. jas. (*Piqûres*)

238. Le Brun (CHARLES). Grand Escalier du château de Versailles, dit Escalier des Ambassadeurs. *Paris, chez Louis Surugue*, s. d. (1721), in-fol., pl., cartonné.

Les 6 ff. de texte sont remargés.

239. — La Grande Galerie de Versailles et les deux salons qui l'accompagnent, peints par Ch. Le Brun, dessinés par J.-B. Massé et gravés par les meilleurs maîtres du temps. *Paris*, 1752, gr. in-fol., cartonné, n. rog.

Beau portrait de Massé, gravé par Wille, 1753, et 52 pl. de décoration, gravées par Cars, Tardieu, Duflot, Wille, Aveline, etc.

240. Le Brun et Lesueur. Les Peintures de Charles Le Brun et d'Eustache Lesueur qui sont dans l'hôtel du Chastelet cy devant la maison du Président Lambert, dessinées par

Bernard Picard et gravées tant par lui que par différents graveurs. *Paris*, 1740, in-fol., pl. gravées, demi-chag. rouge, tr. jas.

Exemplaire dans lequel on a ajouté 5 planches de Mariette, remontées.

241. **Ledoux** (C.-N.). L'architecture de C.-N. Ledoux. Plans, coupes, élévations de palais, châteaux, hôtels, maisons de ville et de campagne, etc. Collection qui rassemble tous les genres de bâtiments employés dans l'ordre social. *Paris*, 1847, 2 vol. in-fol., pl. gravées. demi-percal. verte, n. rog.

242. **Le Héricher.** Histoire et description du Mont-Saint-Michel. Dessins de G. Bouet. Publié par Ch. Bourdon. *Caen, Georges Lecène*, 1848, in-fol., lithog. teintées, demi-chag. rouge avec coins, dos orné, tête dorée.

243. **Lévy** (EDMOND), *de Rouen*. Histoire de la Peinture sur verre. Avec planches par J.-B. Capronnier. *Bruxelles*, 1860, in-4, demi-chag. Lavall., tr. jas.

Orné de planches en couleurs (Vitraux peints).

244. **Liénard.** Spécimens de la Décoration et de l'Ornementation au XIXe siècle. *Liège*, 1866, in-fol., demi-chag. vert, coins, dos orné, monté sur onglets.

125 planches gravées et tirées sur chine.

245. **Lièvre** (ÉDOUARD). *Musée Impérial du Louvre*. Collection Sauvageot, dessinée et gravée à l'eau-forte par Ed. Lièvre, accompagnée d'un texte historique et descriptif par A. Sauzay. *Paris, Noblet et Baudry*, 1863, 2 vol. in-fol., nomb. planches gravées à l'eau-forte, demi-chag. marron, dos orné, tête jas., n. rog.

246. **Le Muet** (PIERRE). Manière de Bastir pour toutes sortes de personnes. Revue et augmentée en cette seconde édition de plusieurs figures de très beaux bastiments. *A Paris, chez Claude Jombert*, s. d. (17e siècle), in-fol., pl., veau ant., dos orné, tr. rouge.

247. **Lenoir** (Albert). Architecture monastique. *Paris,
Impr. Imp.*, 1852-1856, 3 parties en 2 vol. in-4, fig.,
demi-veau vert, tr. jas.

248. **Le Pautre** (Jean). Œuvres d'architecture de Jean Le
Pautre, architecte, dessinateur et graveur du Roi. Recueil
factice d'environ 550 pièces de décoration et d'ornement
réunies en 4 portefeuilles.

249. **Lepautre**. Collection de ses plus belles compositions,
publiée et gravée par Decloux et Doury. *Paris*, s. d., in-fol.,
pl., demi-chag. vert.

250. **Le Pautre** (Ant.). Les Œuvres d'Architecture d'Antoine
Le Pautre, architecte ordinaire du Roy. *A Paris, chez Jombert, à l'Image Nostre-Dame*, s. d., in-fol., planches gravées,
veau ant. (*Petite mouillure*).

251. **Le Pautre** (Pierre). Les plans, profils et élévations, des
ville et château de Versailles, avec les bosquets et fontaines…
A Paris, chez Demortain, s. d., in-fol., pl. gravées, rel.
veau, tr. rouge. (*Rel. anc.*)

252. **Le Riche** (J.-M.). Vues des monuments antiques de
Naples, gravés à l'Aqua-tinta; accompagnées de notions et
de dissertations. *Paris*, 1825, in-4, demi-percal. verte,
n. rog.

> Illustré de nombreuses pl. gravées à la manière du lavis.

253. **Leroy** (Louis). Les pensionnaires du Louvre. Dessins de
Paul Renouard. *Paris, Rouam*, 1880, in-4, fig., demi-percal. bleue, tête jas. n. rog.

254. **Letarouilly**. Édifices de Rome moderne, ou recueil des
palais, maisons, églises, couvents, et autres monuments
publics et particuliers les plus remarquables de la ville de
Rome. *Paris, Didot*, 1840, in-4 de texte illustré et 3 atlas
gr. in-fol. de planches, demi-chag. violet avec coins, dos
orné.

> 1er tirage.

255. Louandre (Ch.). Les Arts somptuaires. Histoire du costume et de l'ameublement et des arts et industries qui s'y rattachent. *Paris*, 1857, 4 tomes en 3 vol. in-4, dont 2 de planches, demi-chag. rouge, plats toile, dos orné, tête dorée, n. rog.

Orné de nombreuses planches en couleurs et or.

256. Louis (Victor). Salle de spectacle de Bordeaux. *Paris*, 1782, in-fol., cartonné.

22 planches gravées.

257. Lundi (Le) de la Pentecôte (*Der Pfingstmontag*). Tableau des mœurs strasbourgeoises avant 1789, d'après Arnold. Texte par Alfred Michiels, dessins par Théophile Schuler. *Paris et Strasbourg*, 1857, in-4, fig. et planches, dans le cartonnage de l'éditeur, n. rog.

258. Lusson (A. L.). Projets de 30 fontaines pour l'embellissement de la Ville de Paris, 1 vol. avec 12 pl. — Spécimen d'architecture gothique, ou plans, coupes, élévations de la chapelle du château de Neuville, 1 vol. avec 18 pl. *Paris*, 1835-1839, 2 vol. in-fol., relié et cartonné.

259. Luynes (duc de) et Debacq. Métaponte. *Paris*, 1833, in-fol., cartonné.

Rare, illustré de 10 pl. noires et coloriées.

260. Lyon. Recherches sur l'Architecture, la Sculpture, la peinture, etc., dans les maisons du Moyen Age et de la Renaissance, à Lyon, par H. Martin. *Paris*, s. d. (1837), 1 vol. — Histoire de l'Hôtel de Ville de Lyon, par Desjardins, 2ᵉ édition. *Lyon*, 1871, 1 vol. — Ensemble 2 vol. in-4, planches, reliés.

261. Madou. Scènes de la Vie des peintres de l'École flamande et hollandaise. *Bruxelles*, 1842, gr. in-fol., demi-chag. viol., dos orné, tr. jas.

Orné de grandes lithographies hors texte, tirées sur Chine, et de vignettes dans le texte.

262. **Malpière** (D. B*** DE) La Chine. Mœurs, usages, costumes, arts et métiers, peines civiles et militaires, cérémonies religieuses, monuments et paysages, d'après les dessins originaux du père Castiglione, du peintre chinois Pu-Qua, de W. Alexandre, Chambers, Dadley, etc. Par MM. Deveria, Régnier, Schaal, Schmit, Vidal et autres. *Paris*, 1825-1827, 2 vol. gr. in-4, demi-chag. viol., plats toile, tr. jas.

Illustré de nombreuses planches lithographiées en couleurs hors texte.

263. **Manuel des lois du bâtiment.** 3e édition revue et considérablement amplifiée. *Paris*, 1901, 3 vol. in-8 avec complément, brochés, couv.

L'on y joint la 2e édition. *Paris*, 1879, 5 vol. in-8, percal. de l'éditeur.

Ensemble 9 vol. brochés et cartonnés.

264. **Marco de Saint-Hilaire.** Souvenirs intimes du temps de l'empire, 2 vol. — Histoire des conspirations et attentats contre le gouvernement et la personne de Napoléon, 1 vol. — Histoire populaire, anecdoctique et pittoresque de Napoléon et de la Grande Armée, 1 vol. — *Paris*, 1843-1846, ensemble 4 vol. gr. in-8, illustrés, reliés.

Nous y joignons : Le Tombeau de Napoléon aux Invalides, par Albert Lenoir. 43 grav. sur bois. *Paris*, 1855, in-4, cartonné toile.

265. **Marot** (JEAN). Le Magnifique chasteau de Richelieu, en général et en particulier, ou les plans, les élévations et profils generaux et particuliers dudit chasteau. Et de ses avenues, basses-courts, anti-courts, courts, jardins, bois, parcs, et generalement de tous ses appartements... Gravé et réduit au petit pied par Jean Marot. *Paris*, s. d., in-4 oblong, demi-bas.

Ce recueil est composé d'un ff double pour l'avis au lecteur. 19 planches gravées par Marot. 6 planches gravées par Perelle et 1 par Israel. Ces 7 dernières pl. sont ajoutées, 3 sont remontées, Le titre est remplacé par un calque. Il manque le ff. de dédicace et une pl.

266. — Petit œuvre d'architecture de Jean Marot, architecte et graveur, ou Recueil des plans, élévations et coupes de

divers anciens édifices de Paris, et de la Sépulture des Valois à Saint-Denis... et plusieurs petits temples dans le goût antique, qui n'ont jamais paru. *A Paris, chez Ch. Ant. Jombert,* 1764, in-4, fig., veau ant., dos orné, tr. rouge.

> Ouvrage connu sous le nom de *Petit Marot*; orné d'un frontis. et de nombreuses planches gravées sur cuivre.

267. Marot (Jean). *Architecture française.* Plans, élévations, coupes et détails des principaux palais, châteaux, hôtels particuliers, églises, etc., existant à Paris, ou aux environs, sous le règne de Louis XIV. *S. l. n. d. Se vend à Paris, chez Jacques Langlois* (17ᵉ siècle) in-fol., veau ant., dos orné, tr. rouge.

> Recueil factice de 192 planches, connu sous le nom de *Grand Marot*. Notre exemplaire contient une table intitulée : « Table des plans des sieurs Marot père et fils ».

268. Marvy et Ch. Jacque. Eaux-fortes. *Paris, chez Marchant, à l'Alliance des Arts,* 1847, in-4 fig. demi-chag. rouge, dos orné, tête dorée, monté sur onglets.

> Frontispice et 86 eaux-fortes tirées sur Chine.

269. Masques et Bouffons (Comédie italienne). Textes et dessins par Maurice Sand. *Paris, Michel Lévy,* 1860, 2 vol. gr. in-8, fig., demi-chag. bleu, plats toile, dos orné, tr. dorée.

> Illustré de planches en couleurs hors texte.

270. Mazois (F.). Les Ruines de Pompéi. *Paris, Didot,* 1824-1838, 4 vol. grand in-fol., pl. grav. demi-chag. rouge, coins, dos orné, tr. jaune.

271. Meaume. Recherches sur la vie et les ouvrages de Jacques Callot. *Paris,* 1860, 2 vol. in-8, demi-percal. verte, n. rog.

272. Ménard (René). La Mythologie dans l'art ancien et moderne, suivie d'un appendice sur les origines de la Mythologie, par Eug. Véron. *Paris, Delagrave,* 1878, gr. in-8, br., couv.

Orné de 6oo gravures dont 3a hors texte.

273. **Menuiserie** (Journal de), publié sous la direction de M. Adolphe Mangeant. Première année. *Paris, Morel,* 1863, in-4 avec pl., rel. — Traité complet de l'évaluation de la menuiserie, ou méthode générale pour mesurer, détailler... par Boileau et Bellot. *Paris,* 1847, 1 vol. in-8 de texte et atlas in-4, demi-rel. Ensemble 3 vol.

274. **Mérimée** (Prosper), Peintures de l'église de Saint-Savin. *Paris, Impr. Royale,* 1845, in-fol., demi-chag. bleu.

42 planches en chromolithographie.

275. **Moniteur des Architectes.** Revue mensuelle de l'Art architectural et des travaux publics. Nouvelle série publiée sous la direction de A. Normand. De la 1re année, 1866, à la dixième année, 1876 incl. *Paris,* 1866-1876, 10 vol. in-4, demi-chag. rouge, dos orné, tr. jas.

Nombreuses planches gravées ou en couleurs.

276. **Monuments d'architecture et de sculpture en Belgique.** Dessins d'après nature lithographiés en plusieurs teintes, par F. Stroobant, texte par Félix Stappaerts. Deuxième édition, *Bruxelles, Charles Muquardt,* s. d., in-fol. demi-chag. brun, plats toile, fers spéciaux, tr. dorée, rel. de l'édit.

36 planches lithographiées en couleurs.

277. **Morand** (Sauveur-Jérome). Histoire de la Sainte-Chapelle Royale du Palais, enrichie de planches. *Paris,* 1790, in-4, fig. dos orné, tr. rouge.

278. **Muller's** sketches of the Age of Francis 1st *London,* 1841, in-fol., planches, demi-maroq., tr. jas.

26 grandes lithographies à 2 teintes.

279. **Musée de Versailles**, ou tableau de l'histoire de France,
avec un texte explicatif d'après nos meilleurs historiens :
Henri-Martin, Michaud, Burette, etc. *Paris, Furne*, 1858,
in-4, fig., demi-chag. rouge, plats toile, dos orné, tr. jas.

   Illustré de planches hors texte.

280. **Musée du Louvre** (Chefs-d'œuvre de Peinture au); Écoles
italienne et française, par Louis Bernard. *Paris, Renouard,*
1878-1879, 2 vol. gr. in-8, fig., br., couv. impr.

   L'on y joint : *Le Louvre*, par L. Vitet. *Paris*, 1853, in-8, fig.,
demi-veau fauve, tr. jas.

281. **Nash** (JOSEPH). Mansions of England in the olden times.
London, s. d. (vers 1840-45), 4 vol. in-fol., demi-chag.
viol., plats toile, rel. de l'édit.

   Nombreuses planches, lithographies à 2 teintes.

282. **Normand** fils. Monuments funéraires choisis dans les
cimetières de Paris et des principales villes de France.
Paris, 1832-1847, 2 parties en un vol. in-fol., nombr.
planches gravées au trait, demi-chag. brun, tr. jas.

   On a relié dans ce même vol. : Tombeau de François 1er et Tombeau de Louis XII, 20 et 9 pl. dessinées et gravées par E. F. Imbard.
Didot, 1815-1817. — *Grandjean de Montigny*. Recueil des plus beaux
tombeaux exécutés en Italie dans les xve et xvie siècles. *Didot*, 1813,
24 planches gravées, plusieurs teintées.

283. — Paris moderne, ou choix de maisons construites dans
les nouveaux quartiers de la Capitale et dans ses environs,
levées, dessinées et publiées par Normand fils. *Paris, l'auteur
et Bance*, 1837-1857, 4 tomes en 3 vol. in-4, planches
gravées, demi-rel., tr. jas.

   La 4e partie comprend les *Décorations intérieures et extérieures des
édifices publics et particuliers de la Capitale.*

284. **Normand** (A.). Monographie de la maison Greco-Romaine
construite pour S. A. I. Mgr le Prince Napoléon. *Paris,
Laplanche et Cie*, s. d., 2 vol. in-fol., demi-chag. rouge
coins, dos orné, montés sur onglets.

   Recueil d'environ 60 pl. photographiques, avec une notice de
Théophile Gautier.

285. **Normand et Rebout**. Etudes d'ombres et de lavis appliquées aux ordres d'architecture. *Paris,* 1845, 1 vol. — Études de lavis sur pierre, par J.-B. Tripon, 1 vol. Ensemble 2 vol. in-fol., broché et relié.

286. **Normandie**. Hôtel de Ville de Rouen, par Le Carpentier. *Paris, Jombert,* 1758, 1 vol. — Manoir d'Escoville à Caen. Recueil de planches diverses, 1 vol. — Cathédrale de Bayeux, reprise en sous-œuvre de la tour centrale, par Flachat. *Paris, Morel,* 1861, 1 vol. — Histoire de Saint-Maclou de Rouen, par Ouin-Lacroix. *Rouen,* 1846, 1 vol. — Ensemble 4 vol. format divers, reliés.

287. **Notice** sur la construction et la dédicace de la Chapelle Saint-Louis, érigée par le Roi des Français Louis-Philippe premier, la 11° année de son règne (1841), sur les ruines de l'ancienne Carthage, près de Tunis. *Paris, Imprimerie de Fain et Thunot,* 1841, in-4, demi-chag. vert, dos orné, tr. jas.

Avec 9 planches hors texte. — On y joint 2 photographies.

288. **Opéra** (Les beautés de l'), ou chefs-d'œuvre lyriques. Illustrés par les premiers artistes de Paris, sous la direction de Giraldon. Texte explicatif par Th. Gautier, J. Janin et Ph. Chasles. 1845, 1 vol. — Projet d'une salle d'Opéra, proposée par le sieur P. Bernard. 1784, 1 vol. — Le Nouvel Opéra de Paris, par Ch. Garnier (tome 1er). 1878, 1 vol. *Paris,* 1784-1878, ensemble 3 vol. gr. in-8, 2 brochés et 1 rel.

289. **Orléans** (Histoire architecturale d'). Anciens monuments religieux, civils et militaires les plus remarquables de cette ville et quelques maisons particulières de la Renaissance. Texte par L. de Buzonnière. Lithographies par Charles Pensée. *Orléans,* s. d., in-4, cartonné.

64 lithographies.

290. **Ornements** tirés des Quatre Ecoles. Par Martin Riester, Clerget, Coulo, d'Hautel, de Wailly et Wagner. *Paris,*

Morel, s. d. (1845), 3 séries en 2 vol. in-4, demi-chag. brun, dos orné, montés sur onglets.

380 planches gravées sur cuivre.

291. **Owen Jones**. The Grammar of ornament. *London,* 1856, grand in-fol., planches en couleurs, demi-chag. grenat, coins, plats toile, fers spéciaux, tr. dorée, rel. de l'édit.

292. **Palais de Compiègne** (Histoire du), chroniques du séjour des Souverains dans ce palais, écrite d'après les ordres de l'empereur, par J. Pellassy de L'Ousle. *Paris, Impr. Impériale,* 1862, gr. in-4, fig., demi-chag. rouge avec coins dos orné, tr. jas.

Illustré de planches hors texte.

293. **Palais**, Maisons et autres édifices modernes, dessinés à Rome (Par Percier et Fontaine). *A Paris chez Ducamp, l'an 6 de la République* (1798), in-fol., bas. marbré, tr. marb. (*Rel. anc.*)

100 planches gravées et coloriées au lavis.
1er tirage.

294. Le même ouvrage. *Paris,* an 6 (1798), in-fol. demi-rel., tr. jaune.

295. **Palais Massimi** à Rome. Plans, coupes, élévations, profils, voûtes, plafonds, etc. des deux palais Massimi. Dessinés et publiés par Suys et Haudebourt. *Paris,* 1818, in-fol., pl. gravées, demi-rel. — La Metropolitana di Milano, p. Gioachimo d'Adda. *Milano,* 1824, in-fol., 35 pl. grav., demi-rel. — Ensemble 2 vol. in-fol.

296. **Palladio** (André). Les Quatre livres de l'Architecture, mis en Français (par de Chambray). *Paris,* 1650, petit in-fol. fig., veau ant.

297. **Panseron**. Recueil de Jardinage, composé par le Sr Panseron, architecte. *Paris,* 1783-1788, 4 vol. in-4, veau ant., dos orné, tr. rouge.

Recueil entièrement gravé, contenant 108 planches coloriées, dont

36 pliées, donnant des plans de jardins français, anglais, chinois; avec bosquets, labyrinthes, salles et théâtres de verdure, etc.

298. Parallèle de l'architecture antique et de la moderne. Avec un recueil des dix principaux auteurs qui ont écrit des cinq ordres... Planches originales augmentées de dix autres représentant en grand le piédestal de la colonne Trajane de Rome, et de plusieurs autres tailles-douces (par Errard et de Chambray). *A Paris, chez Pierre Emery et chez M. Brunet, 1702,* in-fol., demi-veau vert, dos orné, tr. marbrée. (*Rel. mod.*)

Nombreuses fig. gravées sur cuivre.

299. Paris. Description de la Ville et des faubourgs de Paris en vingt planches. Dressée et gravée sous les ordres de M. d'Argenson. *Paris, Jean de La Caille, 1714,* in-fol., fig. et plans gravés, rel. veau, dos orné, tr. rouge. (*Rel. anc.*)

300. — Dictionnaire historique de la Ville de Paris et de ses environs, par MM. Hurtaut et Magny. *A Paris, chez Moutard,* 1779, 4 vol. in-8, veau marbré, dos orné, tr. rouge.

301. — Description de Paris et de ses édifices, par Legrand et Landon. 2 vol., fig. — Paris pendant la Révolution (1789-1798). Nouvelle édition. *Poulet-Malassis,* 2 vol. — Dictionnaire topographique et historique de l'ancien Paris, par Fréd. Lock, 1 vol. — Les Catacombes de Paris, 3e édit. Par Émile Gerards, 1 vol. — Histoire du Palais de Justice de Paris, par Rittiez, 1 vol. *Paris,* 1806-1892, ensemble 7 vol. in-8, reliés. (Le vol. des catacombes est broché)

302. — Monographie des Halles centrales de Paris, par Baltard et Callet. 1863, 1 vol. — La Sainte-Chapelle de Paris. Texte historique de Guilhermy. 1857, 1 vol. — Marché des Blancs-Manteaux, par Delespine, 1827, 1 vol. — Projets de reconstruction de la Salle de l'Odéon, par Peyre, fils. 1819, 1 vol. — Monument érigé à la mémoire du général Foy. 1831, 1 vol. — *Paris,* 1819-1863, 5 vol. gr. in-fol., avec planches gravées, reliés.

303. **Paris**. Restauration de la Chambre des Députés, de sa
nouvelle salle des séances, etc., par J. de Joly. 1840, 1 vol.
— Arc de Triomphe des Tuileries, par Normand fils, 1 vol.
— Église Saint-Eustache à Paris, par Victor Calliat 1850
1 vol. — Frise de la Nef de l'Église S. Vincent de Paul,
peinte par H. Frandrin. *Paris*, 1840-1850, ensemble 4 vol.
in-fol., pl., reliés et cartonnés.

304. — La Fontaine Saint-Michel. Recueil de 20 grandes
photographies montées sur bristol, avec une notice descriptive (1860). In-fol., demi-chag. rouge, monté sur onglets,
1 vol. — *Projet d'une place* et d'une colonne sur les hau-
teurs qui dominent le Champ-de-Mars, par Alphand et
Davioud, *Paris*, 1857, recueil in-fol. de 6 gr. photo.,
montées sur onglets, demi-rel., 1 vol. — Museum d'histoire naturelle, par Ch. Rohault fils. *Paris*, 1837, in-fol.,
pl., demi-rel. Ensemble 3 vol. in-fol. reliés.

305. — Description de la Ville de Paris, et de tout ce qu'elle
contient de plus remarquable, par Germain Brice. 6e édit.
Paris, 1713-1752, 4 vol. in-8, fig., veau ant. — Histoire
de Paris, par Touchard-Lafosse. *Paris*, 1833-1834, 5 vol.
in-8, fig., demi-rel. — Les Monuments de Paris au
xixe siècle, par Félix Pigeory. *Paris*, 1849, gr. in-8, fig.
demi-rel. Ensemble 10 vol. in-8 et gr. in 8 reliés.

306. — Documents relatifs aux travaux du Palais de Justice de
Paris, et à la reconstruction de la Préfecture de Police.
Paris, 1849-1858, 1 vol. in 4 de texte avec pl., et Atlas
gr. in-fol. de pl., dont plusieurs plans en couleurs, reliés
demi-chag. rouge, dos orné.

307. **Paris** qui s'en va et Paris qui vient. Texte par A. Delvau,
A. Houssaye, Th. Gautier, Eug. Muller, etc. Eaux-fortes
de Léop. Flameng. *Paris, Cadart*, s. d. (1859), in-fol.,
fig., demi-chag. rouge, dos orné, monté sur onglets.
26 eaux-fortes de Leopold Flameng tirées sur chine.

308. **Paris** (Environs de). Vues et plans des châteaux de Meudon, Bellevue, Rueil, La Malmaison. Recueil factice de
70 dessins, gravures et photographies en carton.

309. Paris (LE NOUVEAU), par E. de Labédollière. — Les Environs du Nouveau Paris, par de Labédollière. Illustrations de G. Doré. *Paris, Barba,* s. d., 2 vol. — Histoire de Paris et de ses monuments, par Dulaure. *Furne,* 1846, 1 vol. — Histoire de Paris et de ses monuments, par Eug. de La Gournerie. *Tours,* 1852, 1 vol. — Le Bois de Boulogne, par Ed. Gourdon. *Paris,* 1861, 1 vol. — Le Jardin des Plantes, par Boitard. *Paris, Dubochet,* 1842, 1 vol. *Paris,* 1842-1852, ensemble 6 vol. gr. in-8, illustrés, reliés.

310. Paris et les Parisiens au XIXe siècle. Par A. Dumas, Th. Gautier, A. Houssaye, P. de Musset, etc. Illustrations par E. Lami, Gavarni et Rouargue. *Paris, Morizot,* 1856, 1 vol. — *Les Hôtels historiques* de Paris, par G. Bonnefons. Illustrations par C. Nanteuil, d'Aubigny, Bertall et autres. *Paris, Lecou,* 1852, 1 vol. *Les Monuments* de Paris, par F. Pigeori. *Paris,* 1849, 1 vol. — *Les Rues* de Paris, par L. Lurine, *Paris,* 1844, 2 vol. *Paris,* 1844-1856, ensemble 5 vol. gr. in-8, **fig.**, reliés et cartonné.s

311. Paris (LES ENVIRONS DE). Par l'élite de la littérature contemporaine. *Paris, Boizard,* 1855, 1 vol. — Versailles ancien et moderne, par A. de Laborde. 1839, 1 vol. — Fastes de Versailles, par Fortoul. 1853, 1 vol. — Notice sur Chilly-Mazarin, par Patrice Salin, 1867, 1 vol. br. — *Paris,* 1839-1867. Ensemble 4 vol. gr. in-8 et in-4, reliés et un br.

312. Paris et ses environs. Nouvelle description des châteaux et parcs de Versailles et de Marly, par Piganiol de la Force, 2 vol. — Nouveau voyage de France. Nouvelle édition, par Pig. de la Force, 2 vol. — Description histor. des château, bourg et forest de Fontainebleau, par l'abbé Guilbert, 2 vol. — Le Voyageur à Paris, par M. Thierry, 1 vol. — Voyage pittoresque de Paris, et voyage pittoresque des Environs de Paris, par Dezallier d'Argenville, 2 vol. — *Paris,* 1731-1790, ensemble 9 vol. in-12, fig., veau ant., tr. rouge.

Le premier ouvrage est en rel. moderne.

313. **Patte**. Monuments érigés en France à la gloire de
Louis XV... *A Paris, chez l'auteur et chez Desaint,* 1765,
in-fol. pl., veau ant. dos orné, tr. rouge.

314. — Mémoires sur les objets les plus importans de l'Architecture. Ouvrage enrichi de nombre de Planches gravées
en taille-douce. *A Paris chez Rozet,* 1769, in-4, veau anc.,
dos orné. tr. rouge.

   Incomplet de qq. planches.

315. **Paulin** (Victor). Guerre d'Italie en 1859. Tableau historique, politique et militaire. Illustré de 265 gravures sur
bois d'après des croquis et des dessins tirés de l'album de
l'empereur et de la collection de l'Illustration, 2° édition.
Paris, librairie de l'Illustration, 1859, in-fol., percal. verte
de l'éditeur, fers spéciaux, tr. dorée.

316. **Pauquet**. Modes et Costumes historiques, dessinés et
gravés par Pauquet frères, d'après les meilleurs maîtres
de chaque époque et les documents les plus authentiques.
Paris, 1864, in-4, demi-chag. rouge, plats toile, dos orné,
tr. dorée, monté sur onglets.

   Album de 96 planches coloriées.

317. **Peinture sur verre**. 1. L'Art de la peinture sur Verre,
par Le Vieil. 1774. In-fol., pl., demi-rel. — 2. Considé-
rations historiques et critiques sur les vitraux anciens et
modernes. 1842, in-8, fig., demi-rel. — 3. Quelques mots
sur la théorie de la peinture sur verre. Par de Lasteyrie.
1852, in-8. — 4. Histoire des Vitraux de Reims. Vitraux
peints de Ruillé-sur-Loir (Sarthe). Peinture sur verre par
Langlois. 3 ouvrages en 1 vol. in-8, fig. 1858. *Paris,* 1774-
1858, ensemble 4 vol. in-fol. et in-8, reliés.

318. **Péquégnot**. Ornements, vases et décorations d'après les
maîtres. *Paris,* 1856, in-4, fig., demi-chag. Lavall., coins,
dos orné, tr. jas.

   Recueil de 300 planches gravées par Péquégnot, d'après Eisen,
Huet, Boucher, Babel, Le Pautre, Marot, Delafosse, etc.

319. Pérau (Abbé). Description historique de l'Hôtel Royal des Invalides, avec les plans, coupes... Dessinées et gravées par le Sieur Cochin, graveur du Roy. *Paris*, 1756, in-fol. planches et fig., veau ant., dos orné de fleurs de lys, 3 fil. sur les plats ornés de fleurs de lys aux angles, tr. rouge. (*Rel. anc.*)

320. Percier et Fontaine. Description des Cérémonies et des Fêtes qui ont eu lieu pour *Le Couronnement* de LL. MM. Napoléon, empereur des Français et roi d'Italie, et Joséphine, son auguste épouse. *Paris*, 1807, gr. in-fol., planches gravées, cartonné n. rog.

321. — Description des Cérémonies et des Fêtes qui ont eu lieu pour le *Mariage* de S. M. l'Empereur Napoléon avec Marie-Louise. *Paris, Didot*, 1810, in-fol., cartonné, non rog.

> 13 planches gravées au trait.

322. — Choix des plus célèbres Maisons de Plaisance de Rome et de ses environs. *Paris, Didot*, 1809, gr. in-fol., pl. gravées, cartonné.

> 1er tirage, rare.

323. — Recueil de décorations intérieures, comprenant tout ce qui à rapport à l'Ameublement. *Paris*, 1827, in-fol., planches gravées au trait, demi-chag. vert, dos orné, tête jas., n. rog.

324. — Résidences de Souverains. Parallèle entre plusieurs résidences de Souverains de France, d'Allemagne, de Suède, de Russie, d'Espagne, et d'Italie. *A Paris, chez les auteurs, au Louvre*, 1833, in-4 de texte cartonné, et atlas gr. in-fol. de 36 plans, demi-percal. grise, n. rog.

325. Pérelle. Veues des Belles Maisons de France. *A Paris, chez N. Langlois*, s. d. (17e s.), in-fol. oblong. demi-vélin blanc, n. rog.

> Recueil d'environ 200 vues de Paris, Versailles, Rome, etc.

326. Pérelle. Diverses vues de Chantilly dessignées et gravées par Perelle. *A Paris, chez Jombert et chez Langlois,* s, d., in-fol., oblong., demi-rel.

Recueil de 35 planches gravées sur cuivre et montées sur papier fort.

327. Pernot (F.-A.). Le Vieux Paris. Reproduction des Monuments qui n'existent plus dans la Capitale. Lithographiés par Nouveaux et Asselineau. Avec texte explicatif. *Paris, Jeanne et Dero-Becker,* 1838-1839, in-fol., pl. lith.. demi-bas. rose, n. rog.

328. Perrot et Chipiez. Histoire de l'art dans l'antiquité. *Paris, Hachette,* 1882, gr. in-8, fig., demi-chag. rouge, plats toile, fers spéc. tr. dorée, rel. de l'édit.

Tome premier. — Égypte.

329. Pérugini. Album, ou collection complète des Costumes de la Cour de Rome des ordres monastiques, religieux et militaires et des congrégations séculières des deux sexes. 2ᵉ édition. *Paris,* 1862, in-4, fig., demi-chag. rouge, dos orné, tête dorée, n. rog.

80 figures dessinées et coloriées d'après nature, par G. Perugini.

330. Petit (Victor). Souvenir des Pyrénées. Vues prises aux environs des eaux thermales de Bagnères-de-Bigorre, Bagnères-de-Luchon, Cauteretz, Saint-Sauveur, Barèges, les Eaux-Bonnes. les Eaux-chaudes et Pau. Dessinées d'après nature et lithographiées par Victor Petit. *Pau et Luchon,* s. d. (1850), in-4 obl., percal. de l'édit., fers spéciaux, tr. dorée.

Titre en couleurs et or. et 61 lithographies, dont 2 vues perspectives coloriées et plusieurs doubles, tirées sur chine.

331. — Maisons de Campagne des environs de Paris. Choix des plus remarquables maisons bourgeoises nouvellement construites aux alentours de Paris. *Paris, Monrocq,* s. d., in-4, percal, artist. de l'édit., fers spéciaux, tr. jas.

50 pl. en couleurs : élévations et plans.

332. Petit (Victor). Parcs et Jardins des environs de Paris.
Nouveau recueil de plans de jardins et de petits parcs dessinés à vol d'oiseau dans les genres français, anglais, suisse, etc.
Paris, Monrocq, s. d., in-4, 5o pl. en couleurs, percal. de
l'édit., fers spéciaux, t. jas.

> Nous y joignons : Hunt's domestic architecture or designs for gate
> lodges, etc., *London*, 1833, planches. — Parker's, Villa rusticana.
> *London*, 1841, planches. — Recueil de cottages, loges, Hermitages et
> maisons de campagne, par Cordier. *Paris, Salmon*, s. d., planches.
> Ensemble 4 vol. in-4, dont un broché.

333. — Les Châteaux de la Vallée de la Loire des xvᵉ, xviᵉ et
xviiᵉ siècles. *Paris, Boivin*, 1861, 2 vol. in-fol., 100 lithogr.
à 2 teintes, demi-chag. rouge, coins, dos orné, montés
sur onglets.

334. Petites maisons de plaisance et d'habitation choisies aux
environs de Paris et dans les quartiers neufs de la capitale.
Présentées en plans, coupes, élévations, détails de décoration intérieure et extérieure, etc. Gravées au trait d'après
les dessins originaux communiqués par les architectes.
Paris, Bance ainé, 1843, 2 parties en 1 vol. in-fol., demi-
chag. vert, dos orné.

> 6o planches avec texte explicatif. — Piqûres.

335. Pfnor (Rodolphe). Monographie du Palais de Fontainebleau. 2 vol. — Monographie du Château de Heidelberg,
1 vol. *Paris, Morel*, 1859-1863, ens. 3 vol. in-fol.,
planches, reliés et montés sur onglets.

> 1ᵉʳ tirage.

336. Piganiol de la Force. Description de Paris, de Versailles,
de Marly, de Meudon, de St-Cloud, de Fontainebleau et de
toutes les autres belles Maisons et Châteaux des environs
de Paris. Nouvelle édition. *A Paris, chez P. Cavelier*, 1742,
8 vol., in-8, fig., veau ant., dos orné, tr. rouge.

337. Pingret (Édouard). Voyage de S. M. Louis-Philippe Iᵉʳ,
roi des français, au château de Windsor. *Paris*, 1846,
in-fol., lithographies teintées, demi-chag. rouge, tr. jas.

> Au chiffre du roi Louis-Philippe.

338. **Piranesi** (Geambattista). Vedute di Roma, *Rome*, s. d., *presso l'autore*, gros vol. in-fol., demi-veau rac., monté sur onglets.

> 2 frontispices et 78 planches doubles dessinés et gravés par Piranesi. Mouillure dans le bas de la marge de la moitié du vol.

339. **Pitre-Chevalier**. Bretagne et Vendée. Histoire de la Révolution française dans l'ouest, illustrée par A. Leleux, O. Penguilly, T. Johannot. *Paris, Coquebert*, s. d., gr. in-8, percal. verte de l'éditeur, ornements mos. sur le dos et les plats, fers spéciaux, tr. dorée.

> 1er tirage.

340. **Plan de Paris**, commencé sous les ordres de Turgot, et achevé en 1739. *Paris*, 1740, gr. in-fol., 20 grandes planches gravées et un plan d'assemblage, rel. veau marbré, dos orné, dent., fleurs de lys aux angles, aux armes de la ville de Paris (*Rel. anc.*).

341. **Plan de Venise** (Ancien), par le Kavalier Ludovico Ughi, en 4 ff. grand aigle, avec des vues perspectives autour du plan. 4 feuilles collées sur toile et pliées, dans un étui.

342. **Plans des Hôpitaux** et Hospices civils de la Ville de Paris. Levés par ordre du Conseil général d'Administration de ces Etablissements. *Paris*, 1820, gr. in-4, veau marbré, dos orné, dent., tr. dorée, monté sur onglets. (*Rel. de l'époque*)

> 30 planches doubles gravées et coloriées, avec table, dont un plan général de Paris, et 29 plans et élévations des hospices civils de Paris existant à l'époque.

343. **Pompéi**. Choix d'édifices inédits (Maison du poète tragique: peintures d'intérieurs), par R. Rochette et J. Bouchet. 1840-42, 2 tomes en un vol. — Peintures tirées d'Herculanum et de Pompéi, par Roux et Bouchet. *Rapilly*, s. d., 1 vol. — Ensemble 2 vol. in-fol., planches en couleurs, reliés.

344. **Portefeuille historique de l'ornement**. Par Metzmacher. 1843, 1 vol. — L'Art industriel, par Léon Feuchère,

s. d., 1 vol. — *Paris,* ensemble 2 vol., in-fol., pl. gravées, demi-rel.

345. Principes Hollandiæ et Zelandiæ domini Frisiæ : Auc-
tore Michaële Vosinero. *Antverpiæ, Christophorus Planti-
nus,* 1578, in-4, demi-veau marbré, dos orné, tr. rouge.
(*Rel. mod.*)

Vignette sur le titre et 36 portraits gravés sur cuivre. Raccommo-
dages au fond de la marge de quelques feuillets.

346. Promenades pittoresques aux cimetières du Père-La-
chaise, de Montmartre, du Montparnasse et autres, ou choix
des principaux monuments élevés dans ces champs de
repos; dessinés et lithographiés par Lassalle et Rousseau.
Texte par Jh. Marty. *Paris,* 1844, in-4, demi-chag. viol.,
coins, dos orné, tr. jas.

Nombreuses lithographies en couleurs hors texte.

347. Protot (J.-L.). Traité théorique et pratique de l'art du
trait de charpente, où l'on trouve des moyens d'abrévia-
tions très étendus, tant pour la construction des Épures que
pour le tracé des bois, avec 30 planches en taille-douce
gravées par l'auteur. *Reims,* 1830, in-4, demi-rel.

348. Prudhon. La Toilette de l'impératrice Marie-Louise.
Paris, s. d., in-fol., 5 planches gravées au trait avec texte
explicatif, demi-rel.

On y a joint les 5 dessins originaux en couleurs exécutés pour la
gravure de cet ouvrage. L'un d'eux est signé : Pierron fecit.

349. Pugin (A.). Specimens of Gothic Architecture; selected
from various ancient edifices in England : consisting of
plans, elevations, sections, and parts at large... *London,*
1821-1823, 2 vol. in-4, planches, demi-chag., dos orné,
tr. marbrée.

350. — Designs for gold and silver smiths drawn and etched.
London, 1836, in-4, 28 pl. gravées, cartonné. tr. jas.

Nous y joignons 2 ouvrages du même : Dessins de fer et bronze du
15ᵉ et 16ᵉ siècle, 1 vol., planches. — Details of ancient timber hougeg

of the 15th and 16th cent. Selected from those esisting at Rouen, Caen, Beauvais, Abbeville, Strasbourg, etc., 1 vol. planches. Ensemble 3 vol.

351. Pugin and Le Keux's. Specimen of the Architectural antiquities of Normandie. Londres, 1826), in-4, 80 pl., demi-rel. — Public buildings of London, by Pugin and Britton. *Londres,* 1838, 2 vol. gr. in-8, fig., cart. — Details of Elizabethan architecture, by Henry Shaw. *London,* 1834, in-4, pl., demi-rel. Ensemble 4 vol. in-4 et in-8.

352. Quatremère de Quincy. Restitution des deux frontons du temple de Minerve, à Athènes, avec 3 planches. — Restitution de la Minerve, en or et en ivoire, de Phidias, au Parthénon, avec 3 pl., dont 1 en couleurs. — Restitution du tombeau de Porsenna, 1 pl. — Restitution du char funéraire qui transporta, de Babylone en Égypte, le corps d'Alexandre, 3 pl. 1 en couleurs. — Restitution du Dêmos de Parrahasius, 1 pl. — Restitution du bûcher d'Hephestion, 2 pl. *Paris,* 1825-1828, ens. 5 ouvrages reliés en un vol. in-4. 13 pl., dont 2 en couleurs, demi-chag. rouge, tr. jas.

353. — Dictionnaire historique d'architecture, 2 vol. — Histoire des célèbres architectes, 2 vol. — Notices historiques, 2 vol. — Canova et ses ouvrages, 1 vol. *Paris,* 1830-1834, ensemble 7 vol. in-4 et in-8, fig., reliés et cartonnés.

354. Quicherat (J.). Histoire du Costume en France depuis les temps les plus reculés jusqu'à la fin du xviii° siècle. Ouvrage contenant 481 gravures dessinées sur bois d'après les documents authentiques par Chevignard, Pauquet et P. Sellier. *Paris, Hachette,* 1875, gr. in-8, br. couv.

355. Rabelais (François). Œuvres, contenant la vie de Gargantua et celle de Pantagruel... Augmentée de nouveaux documents par P. L. Jacob (Paul Lacroix). Nouvelle édition revue sur les meilleurs textes et particulièrement sur les travaux de J. Le Duchat et de S. de l'Aulnaye. Éclaircie quant à l'orthographe et à la ponctuation, par Louis

Barré. *Paris, Bry,* 1857, gr. in-8 à 2 col., fig., demi-chag.
vert, dos orné, tr. jas.

1er tirage des illustrations de Gustave Doré.

356. Raffet. Album lithographique par Raffet. *Paris, Gihaut
frères,* 1830-1837, in-4 oblong, demi-chag. rouge, coins,
dos orné, tête dorée, n. rog.

Recueil de 8 cahiers de chacun 12 lithographies avec 8 titres. On y
a joint les 2 pièces suivantes : *Retraite du Bataillon sacré* et le *Réveil.*
Ensemble 106 pièces de Raffet.

357. Recueil de dessins de plusieurs grands ponts exécutés
récemment par les ingénieurs du Corps Royal des Ponts et
Chaussées de France. *Paris,* 30 août, 1815, gr. in-fol.,
veau anc., fil.

16 planches, dont 12 grands dessins lavés en couleurs, donnant les
plans et élévations des ponts en pierre, en bois et en fer construits à
l'époque : Ponts des Invalides, des Arts, du Jardin des Plantes ; Ponts
de Rouen, de Bordeaux, d'Avignon, de Maisons, etc.

358. Religion en tableaux (La). Recueil de 60 planches litho-
graphiques avec notices explicatives. *Paris, V^ce Bouasse-
Lebel,* s. d., in-fol., percal. verte de l'éditeur, tr. jas.

359. Représentation des fêtes données par la ville de Stras-
bourg pour la convalescence du Roy pendant le séjour de
Sa Majesté en cette ville. Inventé, dessiné et dirigé par
J. M. Weis, graveur de la ville de Strasbourg. S. l. n. d.
(*Paris, 18e s.*), in-fol., relié veau, aux armes de France
(*Rel. anc. défectueuse*).

Portrait équestre de Louis XV gravé par J.-G. Will, frontis. de
Marvye, 11 gr. planches doubles et 10 ff. de texte avec encadrements
gravés par Babel, Marvye, Lebas et autres.

360. Résidences historiques. Histoire du Château de Blois,
par L. de La Saussaye. *Blois,* 1840, in-4, 1 vol. — Dis-
cours historique sur la Chatellenie et le château de Chenonceau, publié par le prince Galitzin. *Tours,* 1858, 1 vol.
— Rueil, le château de Richelieu, la Malmaison, par Jac-

quin et Duesberg. *Paris*, 1846, 1 vol. — Promenade ou itinéraire des jardins d'Ermenonville, avec 25 vues gravées par Merigot fils. *Paris,* 1811, 1 vol. Ensemble 4 vol. in-4 et in-8, rel.

361. — Le Château de Chenonceau, dessiné et lithographié par Massé, architecte, 1 vol. — Maison de François Ier aux Champs-Élysées, à Paris, 1 vol. — Le Manoir de Tourlaville (près Cherbourg), par du Moncel, 1 vol. *Paris*, s. d. (vers 1845-50), ensemble 3 vol. in-fol., planches, demi-rel.

362. **Réville et Lavallée.** Vues des salles du Musée des Monuments français et des principaux ouvrages qu'elles renferment. *Paris*, 1816, in-fol., 20 pl. gravées sur cuivre, demi-rel., 1 vol. — Tombeau de Richelieu dans l'église de la Sorbonne. *A Paris, chez la Vve de Fr. Chéreau*, 6 planches gravées par Simmoneau et B. Picart, 1 vol. — Monuments de sculpture anciens et modernes, publiés par Vauthier et Lacour. *Paris*, 1812, in-fol., 1 vol. — Ensemble 3 volumes in-fol., demi-chag. rouge.

363. **Reynard** (Ovide). Album alphabétique de 500 lettres ornées, composé et dessiné par O. Reynard. *Paris, Fleury Chavant*, s. d., in-fol., de 25 ff., demi-chag. rouge, tr. marbrée.

Titre-frontispice et 24 ff. donnant 500 modèles de lettres ornées lithographiées en différentes couleurs.

364. — Alphabet grec du quinzième siècle (1499), avec 26 encadrements dans tous les styles. *Paris, Fl. Chavant*, s. d., in-4, demi-chag. gren., planches tirées en couleurs, couv. cons.

365. **Reynaud** (Léonce). Traité d'Architecture. *Paris*, 1850-1858, 2 vol. in-4 de texte et 2 atlas in-fol. de planches, percal. viol., tr. jas.

366. **Rhin** (Le) monumental et pittoresque. Aquarelles d'après nature, lithographiées en plusieurs teintes, par MM. Fourmois, Lauters et Stroobant. Texte par M. L. Hymans.

2ᵉ édition. *Bruxelles, Charles Muquardt*, s. d., 2 tomes, en un vol. in-fol., demi-chag. noir, plats toile, fers spéciaux, tr. dorée, rel. de l'éditeur.

54 planches lithographiées en couleurs.

367. **Ricard de Montferrand** (A.). Église cathédrale de Saint-Isaac. Description architecturale, pittoresque et historique de ce monument. *St. Pétersbourg,* 1845, in-fol., lithographies teintées ou coloriées, demi-chag. rouge, 1 vol. Plans et détails du monument consacré à la mémoire de l'empereur Alexandre. *Paris,* 1836, in-fol., pl., demi-veau gren., 1 vol. Ensemble 2 vol. in-fol. reliés.

368. **Rigaud** (J.). Recueil de cent vingt-une des plus belles vues de palais, châteaux et maisons royales de Paris et de ses environs, dessinées d'après nature en 1780, et gravées par J. Rigaud. *Paris. Treuttel et Würtz,* s. d., in-fol., demi-rel.

369. **Robinson** (P.-F.). Designs for gate cottages, lodges, and park entrances, in various styles, from the humblest to the castelleted. Third edition, greathy improved. *London,* 1837, in-4, demi-chag. grenat, n. rog.

48 lithographies avec texte explicatif en anglais.

370. — A new series of designs for ornamental cottages and villas, with estimates of the probable cost of erecting them; forming a sequel to the works entitled rural architecture and designs for ornamental villas. *London,* 1838, in-4, demi-chag. grenat, n. rog.

56 planches avec notices en anglais.

371. **Rohault** (H.). Projet d'hôpital pour 1500 malades. *A Paris, chez Didot et chez Magimel,* 1810, in-4, demi-maroq. vert, dos orné, n. rog.

32 pp. de texte et 5 planches, dont 2 sont coloriées au lavis.

372. **Rohault de Fleury** (Georges). Les Monuments de Pise au Moyen Age. *Paris,* 1866, in-fol. demi-chag. brun.

Atlas seul.

373. Rois et Reines de France en estampes, représentant par ordre chronologique leurs portraits et costumes, depuis Pharamond jusqu'à nos jours, avec texte explicatif indiquant les dates et faits principaux de leurs règnes. *Paris, Martinet*, s. d. (vers 1853), in-4, obl., percal. de l'édit., fers spéciaux.

    24 lithographies coloriées.

374. Rome. Palazzi di Roma de piu celebri architetti, disegnati da Pietro Ferrerio, pittore et architett. *Roma Gio-Jacomo de Rossi*, s. d., in-fol., planches gravées, veau ant., dos orné, tr. rouge.

375. Rome ancienne et moderne, par Mary Lafon. 1854, 1 vol. — *Rome souterraine*, résumé des découvertes de M. de Rossi. Traduit de l'anglais par P. Allard. 2ᵉ édit., 1874, 1 vol. — *Rome*, souvenirs religieux, historiques, artistiques par Mᵐᵉ la Cˢˢᵉ Eug. de la Rochère. 2ᵉ édit. *Tours*, 1854, 1 vol. Ensemble 3 vol. in-8, fig., reliés.

376. Rondelet (Jean). Traité théorique et pratique de l'art de bâtir. 8ᵉ édition. 1838, 5 vol. in-4 de texte brochés et Atlas in-fol., cartonné. — Supplément par G. Abel Blouet, 1847, in-4 de texte et atlas in-fol., demi-rel. *Paris, Didot*, 1838-1847, ensemble 6 vol. in-4 et 2 atlas in-fol., reliés et brochés.

377. Roubo. L'art du Menuisier et du Treillageur. Par Roubo fils, maître menuisier. *Paris, de l'impr. de L. F. Delatour*, 1769-1775, 4 parties reliées en 2 vol. de texte et 2 vol. de planches, ensemble 4 vol. in-fol. demi-chag. vert, dos orné, tr. marbrée. (*Rel. mod.*)

    Rare. — Ouvrage contenant près de 400 pl. gravées : boiseries décoratives, meubles, voitures, treillages, meubles de jardins, etc.
    Réparation à une page de texte.

378. Rouen; précis de son histoire, par Théod. Licquet. 2ᵉ édition. *Rouen*, 1831, in-4, demi-rel., coins, dos orné, n. rog.

    Ex. en grand papier, avec nombr. pl. gravées hors texte.

379. Roujoux (de) et Alfred Mainguet. Histoire d'Angleterre, depuis les temps les plus reculés jusqu'à nos jours. Nouvelle édition, augm. et enrichie d'un grand nombre de gravures. *Paris*, 1847, 2 vol. gr. in-8, fig. sur bois, demi-chag. vert, dos orné. tr. jas.

380. Roux AÎNÉ. Recueil de constructions rurales et communales, comprenant : un choix d'exemples des bâtiments nécessaires aux divers degrés de l'exploitation agricole... Le tout présenté en plans, coupes, élévations, détails de constructions, et gravé en soixante planches. *Paris, Bance aîné*, 1844, in-fol., demi-chag. vert, tr. jas.

Quelques piqûres.

381. Rouyer et Darcel. L'art architectural en France, depuis François Ier jusqu'à Louis XVI. *Paris, Baudry*, 1863-1866, 2 vol. in-4, demi-chag. bleu, coins, dos orné, monté sur onglets.

Nombreuses planches gravées sur cuivre.

382. Ruggieri (FERD.). Scelta di Architecture Antiche e moderne della citta di Firenze. Opera gia data in luce, misurata, designata, ed intagliata dal celebre Ferdinando Ruggieri, architetto fiorentino ; edizione seconda. Publicata, ed ampliata in quattro volumi da Giuseppe Bouchard. *Firenze*, 1755, 4 tomes en 2 vol. gr. in-fol., veau marbré, dos orné, tr. rouge. (*Rel. anc.*)

Frontispice et vignette sur le titre répétés aux 4 tomes, et nombreuses planches d'architecture toscane.

383. Ruines des édifices de Rome antique, peintes d'après les Monuments depuis 1793, jusqu'en 1798. S. l. (1800), in-4 oblong, demi-rel.

Recueil de 59 planches gravées et lavées à la sépia.

384. Rusca (LOUIS). Recueil des dessins de différents bastiments construits à Saint-Pétersbourg et dans l'intérieur de l'empire de Russie. *Saint-Pétersbourg*, 1810, 2 parties en un vol. gr. in-fol., demi-chag. violet.

Nombreuses planches gravées avec texte français et italien.

385. Le Sacre de S. M. l'Empereur Napoléon dans l'Église Métropolitaine de Paris, le xi frimaire an xiii (dimanche 2 décembre, 1804). *Paris, de l'Imprimerie Impériale, s. d.*, gr. in-fol., demi-maroq. bleu avec coins, dos orné, chiffre de l'empereur. (*Capé*)

Illustré de nombreuses planches de cérémonies et de costumes gravées sur cuivre d'après les dessins d'Isabey. Fontaine et Percier. Bel exemplaire contenant les 12 planches de cérémonies en double état, noires et finement coloriées à la main avec rehauts d'or.

386. Saint-Non (J.-C. Richard de). Voyage pittoresque à Naples et en Sicile. Nouvelle édition corrigée, augmentée, mise dans un meilleur ordre. *Paris, Dufour*, 1829, 4 vol. in-8 de texte et 2 atlas gr. in-fol. de planches, reliés demi-chag. rouge, dos ornés, n. rog.

387. Sainte-Hélène. Translation du cercueil de l'Empereur Napoléon à bord de la frégate la *Belle-Poule*. Histoire et vues pittoresques de tous les sites de l'île se rattachant au Mémorial de Sainte-Hélène et à l'expédition de S. A. R. Mgr le Prince de Joinville, par M. Henri-Durand-Brager. *Paris, Gide*, 1844, in-fol., demi-chag. grenat, coins, dos orné, tr. jas.

Orné de grandes planches lithographiées à 2 teintes. Envoi autog. de l'auteur.

388. Sauvageot (Claude). Palais, Châteaux. Hôtels et Maisons de France du xv° au xviii° siècle. *Paris, Morel*, 1867, 4 vol. gr. in-4, demi-chag. rouge, dos à nerfs.

Nombreuses pl. gravées.

389. — Monographie de Chevreuse; étude archéologique. *Paris*, 1874, in-fol., demi-percal. bleue.

26 planches gravées sur cuivre.

390. Scamozzi. Œuvres d'architecture de Vincent Scamozzi, Vicentin... traduites par M. Augustin Charles d'Aviler, et le reste traduit nouvellement par M. Samuel du Ry. Avec les planches originales. *A Leide chez Pierre Vander Aa,*

1713, in-fol., pl., demi-bas. marbrée. (On y a joint une lettre autog. de Callet père, relative à cet ouvrage).

391. Shaw (RICHARD-NORMAND). Architectural Sketches from the continent. *London*, s. d. (1858), in-fol., demi-chag. vert, plats toile, tr. dorée.

100 planches lithographiées donnant des vues de monuments de France, d'Italie et d'Allemagne.

392. Sonnets et Eaux-fortes. *Paris, Lemerre,* 1869, in-fol., percal. rouge de l'éditeur, ent. n. rog.

42 poésies de Jean Aicaird, Anatole France, Th. Gautier, de Hérédia, etc., etc., accompagnées d'eaux-fortes, par C. Nanteuil, G. Doré, Seymour Haden: J.-F. Millet, Victor Hugo, Manet, etc., etc. Tiré à 350 exemplaires.

393. Souvenirs historiques des résidences royales de France, par J. Vatout. Palais Royal, de Versailles, de Fontainebleau, de Saint-Cloud ; châteaux d'Eu et d'Amboise. *Paris,* 1837-1845, 5 vol. — *Revue Historique* et fastes littéraires : L'Inquisition et ses mystères, conspirations, procès remarquables, etc. Édition illustrée par Jules David. *Paris,* 1845-1846, 3 vol. gr. in-8, fig. Ensemble 9 volumes in-8 et gr. in-8, demi-veau violet, dos orné, tr. jas. (*Rel. de l'époque.*)

394. Stapfer (P.-A.). Histoire et description des principales villes de l'Europe : Berne (Suisse). *Paris,* 1835, in-4, 5 planches, demi-percal. tr. jas.

395. Stuart et Revett. Les Antiquités d'Athènes, 1808-1822, 4 tomes en 2 vol. — Les Antiquités inédites de l'Attique ; 1822, 1 vol. *Paris, Didot,* 1808-1822, ensemble 5 tomes en 3 vol. in-fol., planches, demi-veau fauve, n. rog.

396. Suisse pittoresque (LA), ornée de vues dessinées spécialement pour cet ouvrage par W.-H. Bartlett, accompagnée d'un texte par William Beattie. Traduit de l'anglais par L. de Bauclas. *Londres et Paris,* 1836, 2 tomes en un vol.

in-4, planches hors texte, demi-bas. rose, dos orné, tr. marbrée (*Rel. de l'époque*).

397. Sylvestre (Israel), **Jean Marot** et autres. Vues des plus beaux châteaux et villes de France. Recueil factice de 49 pièces reliées en un vol. in-fol., veau.

> Vues du Louvre et des Tuileries, du Palais Royal, et des châteaux de Vincennes, Madrid, Saint-Germain, Fontainebleau, Monceau, Chambord, Blois, Compiègne, Sedan, Montmédy, Verdun, Metz, etc.

398. Tableaux de Paris. Recueil de 72 lithographies en couleurs, accompagnées chacune d'une notice, représentant des scènes de la Rue. *Paris, Marlet*, s. d. (vers 1850), in-4 pl. demi-chag. brun, plats toile, tr. jas.

399. Taine (H.). Voyage en Italie. *Hachette*, 1866, 2 vol. ; in-8, demi-chag. bleu. — Lettres familières écrites d'Italie à quelques amis en 1739 et 1740, par Charles de Brosses. *Poulet-Malassis*, 1858, 2 tomes en un vol. in-8, demi-chag. vert avec coins, dos orné, tête dorée, n. rog. Ensemble 3 volumes.

400. Tardieu et Coussin. Les dix livres d'Architecture de Vitruve, avec les notes de Perrault. Nouvelle édition revue et corrigée, et augmentée d'un grand nombre de planches. *Paris*, 1837, 2 vol. in-4, dont un de planches, demi-maroq. vert, dos orné.

401. Temple des Muses (Le), orné de LX tableaux où sont représentés les événements les plus remarquables de l'Antiquité fabuleuse ; dessinés et gravés par B. Picart le Romain et autres habiles maîtres. *Amsterdam, Zach. Chatelain*, 1733, in-fol., fig., maroq. vieux rouge, dos orné, fil., dent. int., tr. dorée. (*Rel. anc.*)

> Avec 60 planches gravées sur cuivre.

402. Théâtre. Parallèle des plans des plus belles salles de spectacle d'Italie et de France, par le Sr Dumont. *Paris*, s. d. (1774), 1 vol. — Grand théâtre de Moscou, dit [Petrowski, reconstruit par Albert Cavos. Paris, 1859, 20 pl. —

Théâtre de Dieppe, par Frissard. *Paris*, s. d. — Ensemble 3 vol. in-fol., rel. et cartonnés.

403. Thiérry (J.-D.). Arc de Triomphe de l'Etoile. *Paris, Didot*, 1845, gr. in-fol., 26 gr. planches gravées, demi-chag. rouge, dos orné.

404. Thomas. Un an à Rome et dans ses environs. Recueil de dessins lithographiés, représentant les costumes, les usages et les cérémonies civiles et religieuses des états romains, et généralement tout ce qu'on y voit de remarquable pendant le cours d'une année. *Paris, Didot*, 1823, in-fol., demi-chag. vert avec coins, dos orné, tr. jas.

Exemplaire de 1er tirage, avec les planches coloriées.

405. Thomassin (Simon). Recueil des figures, groupes, thermes, fontaines, vases, statues et autres ornements de Versailles, tels qu'ils se voyent à présent dans le château et parc. *Amsterdam*, 1695, petit in-4, veau ant.

218 planches gravées sur cuivre.

406. Thouin (Gabriel). Plans raisonnés de toutes les espèces de jardins. Seconde édition. *Paris, l'auteur*, 1823, in-fol., demi-chag. viol., tr. jaune.

56 planches lithographiées en couleurs, avec texte explicatif.

407. Tirolensium Principum Comitum orbitus et gubernationis... 1602, in-4, bas. ant., dos orné, tr. dorée, armoiries sur un plat. (*Rel. anc.*)

2 frontis. et 28 portraits des comtes de Tyrol.

408. Toudouze (G.). Souvenirs de Voyages. Eaux-fortes par G. Toudouze. *Paris*, s. d. (1846), in-fol., demi-chag. rouge.

Recueil de 36 eaux-fortes de G. Toudouze, tirées sur chine.

409. Trésor de Numismatique et de Glyptique, ou recueil général des médailles, monnaies, pierres gravées, basreliefs, etc. *Paris*, 1834, in-fol., cart.

Recueil de 16 planches, avec texte explicatif. Bas-reliefs du Parthénon et du temple de Phigalie.

410. Turpin de Crissé (COMTE). Souvenirs du golfe de Naples, recueillis en 1808, 1818 et 1824. *Paris*, 1824, in-fol., demi-chag, rouge avec coins, dos orné, n. rog.

Nombreuses planches gravées, tirées sur chine, plusieurs sont détachées de la rel.

411. — Souvenirs du Vieux Paris, exemples d'architecture de temps et de styles divers. Trente vues dessinées d'après nature par le Cte. T. Turpin de Crissé. Avec des notices historiques et descriptives, 2ᵉ édition. *Paris*, 1836, in-fol., pl., demi-chag. viol., tr. jas.

3o planches, avec une double suite de 28 lithographies en couleurs

412. Turquie. Les beautés du Bosphore, par Miss Pardoe. Traduit par L. de Bauclas. Figures de Bartlett. *Londres*, 1838. 1 vol. — L'Empire Ottoman illustré, par Thomas Allom, 1 vol. — Les îles et les bords de la Méditerranée, 1 vol. *Londres et Paris*, 1838 et s. d., ensemble 3 vol. in-4. fig., demi-rel.

413. Ungewitter (G.-G.) Meubles du Moyen Age, plans, élévations, coupes et détails, 48 pl. — Monuments funéraires du Moyen Age, plans, élévations, coupes et détails, 48 pl. *Paris, Morel*, s. d., 2 vol. in-fol., 96 pl., demi-percal. viol., tr. jas.

Nous y joignons : « Projets des Maisons de Ville et de campagne, par G.-G. Ungewitter. » *S. l., J.-A. Romberg*, 1856, in-fol., pl. noires et coloriées, cartonné toile.
Ens. 3 vol. in-fol.

414. Valerio (THÉODORE). La Hongrie et les provinces danubiennes vers 1854. (*Paris*), 1855, 2 vol. in-fol., demi-rel., couv. remplaçant le titre.

2 recueils d'un ensemble de 42 planches gravées à l'eau-forte, donnant des costumes des provinces des Balkans et des pays orientaux.

415. Il Vaticano. Descritto ed illustrato da Erasmo Pistolesi, con disegni a contorni diretti dal pittore cavᵣ Thomaso de

Vivo. Volum I. *Roma,* 1838, in-fol., demi-bas. verte, tr. jas.

Ce vol. est composé d'un titre et de 43 planches gravées : intérieur et extérieur du Vatican.

416. Vatout (J.). Le Château d'Eu. 1 vol. — Histoire lithographiée du Palais Royal, 1 vol. *Paris,* 1844, ensemble 2 vol. in-fol., planches, demi-rel.

417. Venise, ses principaux monuments. Par A. Rouargue. *Didot,* s. d., in-fol., planches, demi-chag. bleu avec coins. 1 vol. — *Un mois à Venise,* ou recueil de vues pittoresques. *Engelmann,* 1825, in-fol., planches, demi rel. Ensemble 2 vol. in-fol. rel.

418. — Édifices et monuments remarquables de Venise, illustrés par L. Cicognara, A. Diedo et J. A. Selva. Édition avec de nombreux notes et suppléments, par François Zanotto ; enrichie de nouvelles planches et de la traduction française. *Venise,* 1858. 2 vol. gr. in-fol., demi-chag. vert, dos orné, n. 10g.

Orné de nombreuses planches gravées.

419. Verdier et Cattois. Architecture civile et domestique au Moyen Age et à la Renaissance. *Paris, Didron,* 1855-1857. 2 vol. in-4, demi-chag. rouge, coins, dos ornés.

420. Vergnaud. L'Art de créer les jardins. *Paris,* 1835, in-fol., planches, demi-chag. rouge.

421. Véron (Docteur L.). Mémoires d'un bourgeois de Paris. *Paris, de Gonet,* 1853-1855. 6 vol. in-8, demi-chag. vert, dos orné, tr. jas.

422. Verrières du chœur de l'église métropolitaine de Tours (vitraux peints du xiiie s.), dessinées et publiées, par J. Marchand. Texte par MM. Bourassé et Manceau. *Paris et Tours* 1849. in-fol., pl. en couleurs, demi-chag. rouge, dos à nerfs.

423. Versailles. Galeries historiques de Versailles, par Gavard. *Paris*, s. d., in-fol., demi-chag. rouge.

> 1ʳᵉ série seule, contenant les plans, vues extérieures et intérieures du château, etc.

424. Vies des fameux Architectes et Sculpteurs depuis la Renaissance, par Dezallier d'Argenville. *Paris*, 1747, 2 vol. in-8, frontis., veau ant. — *Notices biographiques* d'archi-tectes (Bruyère, Durand, Morel, Coste, J. Bouchet, Millin, Legrand, etc.). *Paris*, 1822-1856, 2 vol., demi-rel. — *Dictionnaire* des architectes français, par Ad. Lance. *Morel*, 1872, 2 vol. demi-rel. Ensemble 6 vol. in-8, reliés.

425. Vignole. Œuvres complètes, publiées par Lebas et Debret. *A Paris, de l'Impr. de P. Didot l'aîné,* 1815. gr. in-fol., planches gravées, demi-percal. bleue, tr. jas.

426. Villa Pia (La) des jardins du Vatican, par J. Bouchet, 1 vol. — Restauration des Thermes d'Antonin Caracalla à Rome, par Abel Blouet, 1 vol. *Paris*, 1837-1838, ens. 2 vol. in-fol., planches, cartonnés demi-toile.

427. Viollet-le-Duc. Dictionnaire raisonné de l'Architecture française du xiᵉ au xviᵉ siècle. *Paris, Bance,* 1854-1868. 10 vol. in-8, demi-maroq. rouge, dos à nerfs, tête dorée n. rog.

> 1ᵉʳ tirage des nombreuses illustrations.

428. — Dictionnaire raisonné du Mobilier français, de l'époque Carlovingienne à la Renaissance. *Paris, Bance,* 1858, in-8, demi-chag. rouge, tr. jas.

> Tome 1ᵉʳ, consacré aux meubles, avec de nombreuses planches en noir et en couleurs.

429. — Entretiens sur l'architecture. *Paris,* 1863-1872, 2 vol. in-8 de texte illustrés de 200 grav. sur bois, et atlas in-4 oblong de 36 planches, ensemble 3 vol. demi-viol., dos ornés, tr. jas.

430. Viollet-le-Duc. Histoire de l'Habitation humaine, 1 vol. — Histoire d'une maison, 1 vol. — Histoire d'une forteresse, 1 vol. — Histoire d'un dessinateur, 1 vol. *Paris, Hetzel*, ensemble 4 vol. in-8 illustrés, reliés et cartonnés

431. Viollet-le-Duc, ses travaux d'art et son système archéologique, par Anthyme Saint-Paul. 2° édition, 1881, 1 vol. — Viollet-le-Duc et son œuvre dessiné, par Claude Sauvageot, 1880 (2 ex.). *Paris*, 1880-1881, ensemble 3 vol. in-8 et in-4, brochés et reliés.

432. Vitet (L.) et Daniel Ramée. Monographie de l'église Notre-Dame de Noyon. *Paris, Impr. Roy.*, 1845, un vol. in-4 de texte, rel., veau rac., dos orné, fil., tr. marbrée, et atlas gr. in-fol., avec 23 planches gravées, demi-chag. rouge, tr. jas.

433. Vitruve. Les dix livres d'Architecture de Vitruve, corrigez et tradvits nouvellement en François, avec des Notes et des figures. Seconde édition reveue, corrigée et augmentée par M. Perrault. *A Paris, chez Jean-Baptiste Coignard*, 1684, in-fol., veau ant., dos orné, fil., tr. rouge. (*Rel. anc.*)

434. Voyage du jeune Anacharsis en Grèce dans le milieu du quatrième siècle avant l'ère vulgaire. 3° édit. *Paris, de Bure*, 1790, 7 vol. in-8 et atlas in-4, maroq. rouge, compartiments de fil., dos orné, tr. dorée. (*Rel. anc.*)

435. Voyage où il vous plaira, par Tony Johannot, Alfred de Musset et P.-J. Stahl. *Paris, Hetzel*, 1843, gr, in-8, fig., demi-chag. vert, plats toile, tr. dorée, 1 vol. — Le Faust de Gœthe; traduction revue et complète par H. Blaze. Édition illustrée par Tony Johannot. *Paris, Michel Lévy*, 1847, gr. in-8, fig., demi-chag. vert, tr. jas. Ensemble 2 vol. gr. in-8, reliés.

436. Voyage pittoresque en Espagne et en Portugal, par Émile Bégin, *Belin-Leprieur*, 1 vol. — *Voyage pittoresque* en Russie et en Sibérie, par de Saint-Julien et Bourdier, *Belin-*

Leprieur, 1 vol. — Constantinople et la Mer Noire, par
Méry. *Paris*, 1855, 1 vol. — *Jérusalem* et la Terre-Sainte,
par l'abbé G. D. *Belin-Leprieur*, 1 vol. — Histoire de la
République de Venise, par Léon Galibert. *Furne*, 1847,
1 vol. *Paris*, 1847-1855, ensemble 5 vol. gr. in-8, planches hors texte, reliés percal. de l'édit., fers spéciaux et mos.,
tr. dorés. (*Carton. orig.*)

Les 3 premiers sont avec pl. noires et coloriées.

437. **Vues de Rome**. Recueil de 58 planches doubles, gravées
sur cuivre, d'après les dessins de Panini et autres. *Rome,*
s. d. (18ᵉ s.), in-fol. demi-rel. — Nuova pianta di Roma
data in luce da Giambattista Nolli. *Roma*, 1748, in-fol.,
planches et texte entier. gravés, demi-rel. — Ensemble
2 vol. in-fol. reliés.

438. **Vues de Suisse**. *A Zurich, chez R. Dikelmann*, in-4 oblong,
demi-chag. grenat.

Album de 19 gravures finement coloriées.

439. **Wyatt** (Digby). The art of Illuminating as practised in
Europe from the earliest times. *London*, 1860, in-4, percal. artist. de l'éditeur, fers spéciaux, tr. dorée.

104 pp. de texte entouré d'un encadrement historié et varié, tiré
en rouge et noir, faux-titre, titre et 100 planches en couleurs : Bor-
dures, Lettres-initiales, Alphabets, etc.

440. Sous ce numéro, il sera vendu environ 200 vol. bien
reliés : Littérature, histoire, voyages, etc.

Paris. — Typ. Ph. Renouard, 19, rue des Saints-Pères. — 49857

www.ingramcontent.com/pod-product-compliance
Ingram Content Group UK Ltd.
Pitfield, Milton Keynes, MK11 3LW, UK
UKHW031828170726
13836UKWH00004B/1554

9 782329 577845